U0609626

江苏省电力作家协会

JIANGSU ELECTRIC POWER WRITERS ASSOCIATION

苏电文丛 第一辑

苏电文丛

寻找
"薛定谔"

景亚杰　著

天津出版传媒集团

百花文艺出版社

图书在版编目（ＣＩＰ）数据

寻找"薛定谔"/景亚杰著.--天津：百花文艺出版
社，2024.1
（苏电文丛）
ISBN 978-7-5306-8621-8

Ⅰ.①寻… Ⅱ.①景… Ⅲ.①短篇小说—小说集—中
国—当代 Ⅳ.① I247.7

中国国家版本馆 CIP 数据核字 (2023) 第 198647 号

寻找"薛定谔"
XUNZHAO XUEDING'E

景亚杰　著

出 版 人：薛印胜
责任编辑：张　雪
装帧设计：鸿儒文轩·书心瞬意
出版发行：百花文艺出版社
地址：天津市和平区西康路 35 号　邮编：300051
电话传真：+86-22-23332651（发行部）
　　　　　+86-22-23332656（总编室）
　　　　　+86-22-23332478（邮购部）
网址：http://www.baihuawenyi.com
印刷：三河市华东印刷有限公司
开本：880 毫米×1230 毫米　1/32
字数：150 千字
印张：7
版次：2024 年 1 月第 1 版
印次：2024 年 1 月第 1 次印刷
定价：48.00 元

如有印装质量问题，请与三河市华东印刷有限公司联系调换
地址：三河市燕郊冶金路口南马起乏村西
电话：19931677990　邮编：065201

总　序

开拓文学之境，勇攀创作高峰

江苏省电力作家协会一次推出十位电力作家的十部文学作品，以文学丛书的宏大气势集中发力，进入社会和读者视野，可喜可贺！

这是江苏省电力系统学习贯彻习近平总书记关于文艺工作重要论述和党的二十大报告对文化建设新部署新要求所取得的成果。我们的作家深刻把握新时代文艺工作的定位和使命，增强文化自觉，坚定文化自信，站在为国家立心、为民族立魂、为时代立传的高度，以强烈的历史担当和瑰丽的文学画卷，充分展现新时代的精神图景。从这十位作家的十部不同题材、体裁的作品来看，他们都善于从平凡中发现伟大、从质朴中寻觅崇高、从自己融入人民群众的实践中发现真善美，用情用力地注重作品质量，形象生动地表现时代之美、劳动之美、自然之美、生活之美、心灵之美。品读他们的作品，能够触及作者的心声，感悟作者的心动，体悟作者为职工抒写、为人民抒怀、为事业抒情的生动笔触中的文字之美、语言之美、文学之美。在敬佩之余也深受激励。

这是实施"中国新时代电力文学攀登计划"、奋力推进新时代电力文学高质量发展在江苏电力落地的可喜成果。"中国新时代电力文学攀登计划"旨在不断推出优秀作家的优秀作品。江苏省电力作家协会集中推出十位作家的十部作品，体现了电力团体组织的工作成效，彰显了电力团体作家队伍中个体创作的丰硕成果，彰显了电力团体攀登进取精神。丛书题材、体裁多样，呈现出文学文本的丰富多彩性。小说故事情节跌宕起伏、引人入胜，人物栩栩如生；散文情感细腻、文笔清新，形散而神不散；诗作文采飞扬，飘逸灵动。十部佳作感情真挚，表达精练，文以载道，文以言情，文以言志。就像将各种水果收入果篮那样，一并奉献给读者，使人悦目娱心，精神振奋。值得称道的是，国网江苏省电力公司为江苏省电力作家协会营造了一种积极向上、团结和睦、共同进取的氛围，这种氛围，促进了电力文学的繁荣发展，促进了作家们相互学习、相互交流、相互激励、相互提高。

这套文学丛书的"闪亮登场"，给中国电力作家协会团体会员单位提供了可以效仿的榜样。阅览这十部出自江苏省电力作家之手的作品，不禁被江苏省电力作家协会的"倾情"、十位电力作家的"倾心"所感动：江苏省电力作家协会集中发力，倾情投入，邀请文学界知名作家、评论家、编辑家集中审读研讨、修改打磨书稿，最终推出一套优秀的文学作品，难能可贵。身在江苏省的电力作家肩负重任，一肩挑"本职工作"，一肩担"文学创作"之任务，深扎电力沃土，工作之余伏案笔耕，把自己生活中的积淀、对生活的热爱、生活中的感悟，化为文字，实属不易。组织的关怀、作家的付出都是值得的。

这套丛书为我们电力团体组织带来很大的启示：我们的文学创作者要准确把握时代命题与电力文学的关系，深入电力一线，把自己的思想、情感，同生活、同人民融为一体，做到"身入""心入""情入"，以独特的眼光洞察世事人生，以真挚情感投入作品创作，记录时代巨变、讴歌电力系统取得的成就和职工精神风貌，不断推出反映时代精神的电力题材精品力作，开拓电力文学新境界，攀登电力文学新高峰。这也是新时代对广大电力文学创作者的要求！

一次集中向社会、读者推出十位作家的十部作品，是中国电力作家队伍发展壮大的体现、取得的优秀成果的展示。这也是对中国电力文学、对中国文学的崇高致敬！

潘　飞

中国电力作家协会驻会副主席，《脊梁》执行主编

2023 年 8 月 31 日

代 序

景亚杰小说的叙事策略

如果不加引号，相信大家和我一样，都以为"薛定谔"是一个人。"薛定谔"确实像是一个人的名字，但它又真的是一头猪的名字——哪怕是一条狗也行啊，怎么会是一头猪呢？这是我读景亚杰短篇小说《寻找"薛定谔"》时产生的第一个疑问或印象。当然，小说中它实实在在就是猪，而且还不是唯一的一头猪，是先后两头猪都叫"薛定谔"。第二个疑问或印象是，会不会有第三个"薛定谔"？如果有，这第三个"薛定谔"是一头猪还是一个人？作为一个读者，我期待它是一个人，因为"薛定谔"这个名字是小说女主人翁罗珊起的，她为什么要让一头猪的名字高度拟人化？有没有什么不为人知的秘密？如果真有一个人叫"薛定谔"，这个人是谁？以读者期待的视野或阅读角度去猜测，我觉得这个人有可能和女主人翁罗珊有关，是她从前认识的什么人，单位的领导？初恋情人？大学的同窗？抑或是仇人还是其他什么人。假定真的是为纪念她记忆里的某一个人，在小说不断暗示"薛定谔"这头宠物猪有可能被害时，我突然毛骨悚然起来……还好，小说不像我预料的那样残忍和残酷，它走向了日常，归入了平静。尽管，那个宠物猪"薛定谔"有可能真的进入了屠宰场，那也不过是一头猪而已，成为餐桌上的一道菜也属正常。但是，当读完小说后，萦绕在心头余音不绝的，反而不是"薛定谔"了，而是关于一对年轻人的婚姻和情感的日常化生活状态。谁家的小日月又不是这样呢？所有日常琐屑都是危及婚姻的借口，同样又会危及婚姻的质量，就看当事人如何去处置了。这么一说，"薛定谔"又不过是一个符号。至于小说带给读者的更为深远的想象，和没有表现出来的正在延伸或发展的背后故事，同样是这篇小说摇曳生姿的动人之处。

这篇小说的奇妙之处就在于，它总是能牵引着读者读下去，哪怕是非常简单的故事，这既是小说的秘密，也是小说家的秘密，"薛定谔式"的叙事策略或技巧也是秘密的一部分。像这样的设置和悬念、策略，充斥在这本书的多篇小说中。比如，《以疯之名》中的叶志远，一个好好的人突然就疯了，而疯了的叶志远也并非"我"的真实所见，是从顾曼那里听来的。而传递叶志远疯了的消息的顾曼，竟是和叶志远闹着要离婚的妻子，她此时已经另有新欢。小说就是这样以看似合理又充满玄机的方式开场了，一下子吊足了读者的胃口。《忽视的存在》又是以疾病 ASD（自闭症）、PDD（持续性精神抑郁）的手段来诱惑读者的。读者需要了解此方面的专业知识，营造出一种吸引人探究的神秘氛围。同样，还有《鲜花和烟囱》《邻居》《话剧之夜》《看不见的"伙伴"》《火星之旅》等短篇，同样都有不凡的开头。比如《邻居》一开始就营造了血腥、神秘和惊悚感：住在对面的邻居，究竟是什么样的人？一个"偏瘦，有一头浓密的齐肩发，发梢微卷，眼睛像深潭里的水又黑又亮，眉毛也修长"的美女柳莹莹，"戴着一顶黑鸭舌帽，帽檐很长……高傲又冷漠"的胡林俊，"他"竟然还"死而复生"了？他们俩又是怎样的关系？这种悬念的制造或者说叙事策略，在诱导读者的同时，将小说的意境和审美也呈现了出来。

景亚杰是一个年轻的有追求的小说家，住在世界文学之都南京。南京众多古老的街巷，散发出文学和艺术的气息，景亚杰浸染其中，与其相依相融。他还参加过《雨花》写作营。《雨花》写作营已经办过多届，培养了许多优秀的青年作者，景亚杰的文学气质也从中得到了良好的熏陶。有一次我在南京参加一个和文学相关的活动，晚上朋友请吃夜宵，景亚杰来了——一个干练而精神的小伙子。甫一见面时，我还思忖着，他脑子里究竟装着什么样神奇的小说元素，能写出如此优秀的小说来？在景亚杰的笔下，无论小说以什么形式开头，以什么故事来展现，以什么结构来锻造，以什么人物来出场，都呈现出某种悬念。悬念是小说不可或缺的元素，有悬念，读者才会被牵引，才会追着悬念走。而且景亚杰总是用看似漫不经心却颇有设计的笔致来书写日常的生活，捕捉日常生活里的情趣，描绘日常生活里的妙境，用精准的语言把这些情趣、妙境呈现出来，让其闪烁着艺术之光。因此，一打开景亚杰的小说，一种浓郁的生活气息总是会扑面而来，让读者时不时地发现，小说中的某些情节就是自己的经历，甚至小说中的某个人就是自己，让人能切近地感受到日子的平静、平庸、平常，以及各种纠结、失望、绝望和剧烈变异的情感所带来的冲击，比如《午夜猫啼》《圣诞快乐》《过客》《声音》等短篇。将生活中的日常和小说之间的壁垒打通，景亚杰做到了。比如《寻找"薛定谔"》中的宠物饲养问题，小夫妻对宠物不同的态度，以及由此发生的失踪、寻找，夫妻从反目到和好如初，这种看似日常的生活，如果作者不去发现和发掘，不设置"薛定谔"这个载体，是很难发现其中的奥秘的。

　　对于年轻而优秀的作家，我总是由衷地敬佩他们。一种微妙的体验就是，我在感受并欣赏景亚杰小说的叙事策略时，总会产生一种亲切感。差不多每一篇小说都有让人感动之处，优美的文字，氤氲的情调，精准的细节，突然而至的波俏，都如春雨一般，滋润心田，并能让人产生积极的生活态度。除了非凡的叙事策略，这可能就是我喜欢读他小说的另一个重要原因吧。

陈　武

著名作家

2023 年 8 月 27 日于连云港花果山下

目录

寻找"薛定谔"

接连五天晚上，白宇菲都需要出门遛"薛定谔"。

"薛定谔"是一只黑色和粉色混合的胡利亚尼猪，二十五斤重，三十二厘米高。白宇菲的妻子罗珊给它起了个自认为很洋气的名字——薛定谔。很多人都好奇这是不是猫的名字，每当有人这样问，罗珊就会告诉对方："按照量子力学的解释，要等到打开箱子看一眼，才会决定猫的生死。注意！不是发现而是决定，仅仅看一眼就足以致命。量子力学，薛定谔，都很致命。"这个时候，白宇菲就会一脸委屈地说："我的待遇还不如猪哟。"

很多人说猪不是一种适合遛的动物，但罗珊不信。她非要把"薛定谔"培养成像狗一样的散步伴侣。当然，在遛猪这件事上她颇有成就，以至于"薛定谔"迷上了被人遛。棘手的是罗珊最近天天被工作遛，白宇菲不得已担起了遛"薛定谔"的重任。

那是个昏暗而寂静的夜晚。白宇菲照例在小区附近的公园里遛"薛定谔"。累了，他就坐在石椅上，对着空气开始胡思乱想。他和罗珊结婚三年了，一直无儿无女。不是别人口中的"老母鸡不下蛋"，而是罗珊不愿意。晚饭后他本想跟罗珊商量下生宝宝的计划，话到嘴边却说成了"我们要不——"

"什么？"罗珊盯着电脑，头也不抬地回答。

"要不你洗碗吧。"

"为什么又是我？"

"那我洗碗，你去遛'薛定谔'。"

"算了，你遛吧，反正你每天都要散步的。我还得赶材料呢。"

白宇菲打了个哈欠，扭头一看，短短两分钟工夫，"薛定谔"已经从视野里消失了。他像弹簧一样从石椅上跳起来，左右张望着。在那堆杂草丛生的灌木丛里，他右脚踩到了一个圆滑的条状物，心一下提到了嗓子眼儿，立马愣在原地。幸好不是蛇。他松了口气。

躺在草里的东西是栓在"薛定谔"脖子上的绳，绳口上有被刀切开的痕迹。白宇菲在四周找了二十分钟仍一无所获，只好垂头丧气地拎着那条绳子回了家。得知"薛定谔"丢失的消息后，罗珊的脸色骤然大变。"什么情况？怎么可能呢？赶快出去找啊！"话音刚落，她已经像个战士一样冲出门去。

之后的两天，白宇菲和罗珊除了上班，其他时间都在寻找"薛定谔"。到了晚上，两个人分别拿着一只手电筒在小区附近角落里乱晃。他们还随身带了宠物粮。有一次，他们远远地看到一只小猪的身影，当他们兴奋地跑过去时，才发现是一只黑色的奥斯萨巴岛猪。

"这么大的人了，还能把'薛定谔'给丢了？"

"你当初是不是瞎了，怎么会找这么烂的小区！"

"你这个样子，还敢和我谈孩子？"

白宇菲没有接话。保持沉默是他与罗珊多次争吵后学到的智慧。临近夜里十二点，他奉劝罗珊："该回去了，明天你还要上班呢。"罗珊叹一口气，静止了三秒钟，愤然转身。看见罗珊往回走，他才像个犯了错的孩子一样赶紧跟了上去。

两个人先后洗完澡爬上床，迅速熄了灯。除了钟表的嘀嗒声和窗外树枝的摇摆声，漆黑的卧室里一片寂静。罗珊躺在床上，想着以后可能会失去"薛定谔"，久久不能入睡。白宇菲则不然，疲惫的他很快睡了过去，还做了一个与"薛定谔"相关的梦。他梦见自己牵着"薛定谔"在路上散步。"薛定谔"在前面欢快地跑着，屁股一扭一扭的样子很是可爱。在一个杂草过脚踝的草丛边，他坐下来，像尊菩萨闭目养神。"薛定谔"躺在草丛里打滚玩。突然，他听到一声猪叫声，当他回头时，瞥见草里有一摊血迹，而"薛定谔"并不在视野中。他抓狂地跳起来，接着他听见了刺耳的蜂鸣声。

白宇菲惊醒。床上只有他一个人。屋外传来击打物体的声音。他好奇地走出门，看见罗珊正在敲打印机。

"你在干什么？"

"呵！吓我一跳。你瞎吗？打印机卡住了。"罗珊没好气地说。

白宇菲走近。桌上有一沓"寻猪启事"，每张纸上方是"薛定谔"的照片和外貌特征，下方注明了联系方式和重金酬谢。

"早点休息吧，很晚了。"

"算了，先打这么多吧。机器和人一样呢，关键时刻掉链子。"

第二天一大早，寻找"薛定谔"的启事便贴满了小区电梯口和大门口，电子版和感谢红包也一并转发到了小区住户交流群里。

之后的三天里，罗珊每天都能接到十几通电话。不过绝大部分是做推销保险的。只有一个电话提及了"薛定谔"。出于谨慎，罗珊向对方验证了一个问题："你看到的小猪额头上是不是有一块白色的月牙印呀？"

"对，没错。"对方接话很快。

"啊，那不好意思，我的'薛定谔'头上是灰色的月牙印。"罗珊有板有眼地说。

"你是在玩我吗？还想不想找到你的猪了！"

"想啊，但是我也不想被人当成猪。"

"那你永远也别想找到了。"

隔着屏幕，罗珊仿佛能看到对方挂掉电话时的一脸不悦。她向后一仰，靠在沙发上，无奈地摇摇头。

"薛定谔"失踪一个星期之后，罗珊终于淡化了一定要找到它的念头。一堆繁忙的工作摆在眼前，她实在是分身乏术。加上"薛定谔"是一只温顺的猪，除了罗珊手机相册里的照片，家里还真没有太多痕迹能证明它曾经的存在。那段时间，白宇非很识相，尽量满足罗珊的任何请求，洗衣做饭也都抢着干。私下里他还是继续寻找"薛定谔"，只是在罗珊面前绝口不提。

他以为只要时间把情绪冲洗掉，他们夫妻的状态就会重归于好，直到一天晚上罗珊收到一张照片，他才意识到情况并非想得那么简单。照片中，一只黑色的小猪侧躺着，四肢伸向一侧，脊背微微弯曲，光滑的皮毛上覆盖着大量鲜红的创口，像鱼皮一样。最骇人的是，小猪的腹部有一道很宽的裂口，像有人从中取走了什么。照片里的背景俨然是罗珊所在小区的周边。另外，猪的额头上有一枚灰色的月牙状印记。

当时，白宇菲正在酝酿睡意。对于睡眠障碍者而言，每天的睡觉都是一场修行，需要花费二十分钟以上的静心准备（有时候还需要耳塞的辅助）才能入眠。就在白宇菲快要成功入睡时，罗珊捏住他的鼻子，一下把他从睡眠的边缘拉了过来。

"快看。"罗珊指着手机里的照片。

白宇菲一个哆嗦，身体前倾，眯着慵懒的眼睛瞄了眼手机里的照片。"啊！"他惊讶地叫了一声，然后扭头观察罗珊。通过她的表情，他知道她多么希望听到"照片里的猪不是'薛定谔'"这句话。

但他点点头说："是它。"

罗珊向后退了一步，嘴里念叨着"不可能"，然后再次给发照片的人打了电话。没人接。

像被一阵寒风猛然吹醒，白宇菲已然困意全消。他的手轻轻搭在罗珊的肩上。罗珊握着拳头，像抖落肩部的灰尘一样甩掉他的手，随即关了灯，倏地缩进被子里。

昏暗中，白宇菲默默感受着罗珊的崩溃和脆弱。他很想安慰些什么，又有些理亏，毕竟他是弄丢"薛定谔"的第一责任人。他小心地握住罗珊的手，这个肢体语言是："别怕，有我呢。"结果罗珊一个转身，背对着他，像在说："别碰老娘。"

时间一分一秒地流逝，白宇菲一整晚都是将睡未睡的状态。

早上七点，他依稀听见卫生间罗珊洗漱的声音。当他去洗脸漱口时，罗珊在吃早餐。等他抓起筷子吃早餐时，罗珊已经匆匆地出了门。她似乎在故意躲着他，好像只要避开他，就能躲避开失落和悲伤。

白宇菲愣愣地望着门的方向，心里有股追上去的冲动，但很快便平复下来。罗珊是个驴脾气，她决定了的事很难改变。不如让她静一静。等她下班回来，他亲自备上一桌好菜，两个人的关系自然能缓和。

事情并非朝着白宇菲设想的轨迹发展。他回到家时，罗珊的高跟鞋已经整齐地立在鞋架上。他换上拖鞋，踱步到门半掩的卧室，瞥见罗珊蹲在地上，正拿着一支白羽毛挑逗着一只黑色的小猪。那一刹，白宇菲真的以为"薛定谔"被找回来了。

罗珊抬头看了眼白宇菲，又低下头，对着小猪说："哦，是爸爸回来了。"

他弯下腰，仔细打量着地上的小猪——除了额头上没有灰色的月牙印，其他部位都像极了"薛定谔"。

"哪儿搞的？"

"买的呗。"罗珊在宠物店里挑了很长时间，才从一堆小猪里寻觅到一只像"薛定谔"的猪。"它好看吗？"

"嗯，我觉得它的额头比'薛定谔'小，而且没有包公一样的月牙印。"

"行了，行了，你给我出去吧。"

白宇菲十分诧异，自认为没有说错话，但还是退出门去。晚上，他按照计划精心准备了一桌好菜。

　　罗珊有些开心。因为她已经很久没有享受过这种待遇了。平时两个人要么忙，要么懒，老公很少亲自下厨犒赏自己。说起来还真是忧伤，结婚之前白宇菲可是信誓旦旦地说会每天为她做饭。甜言蜜语罢了，她知道自己不必较真。可她就是好难过。白宇菲说是因为遛"薛定谔"才没空做饭。可是她很清楚，以前没有"薛定谔"，他也没有兑现诺言。最近他总是在看育儿方面的书，难道她不懂暗示吗？可是家里长辈刚做完手术，花了不少钱。手头没多少积蓄，她哪里敢要孩子。

　　晚饭结束后，罗珊陪小猪玩了十分钟。她的方式很简单，无非是抱、摸和逗，和人类陪婴儿的方式相差无几。而且，她没有给小猪起新的名字，还叫"薛定谔"。

　　新来的"薛定谔"对家庭环境并没有很适应。狭小的空间让它极不自在，光滑的地板也让它踩惯了泥沙的爪子无所适从。而且，它记不住排泄专用的盆子，经常随地大小便。这给白宇菲制造了很繁重的清洗工作。最崩溃的是，"薛定谔"在晚上时不时地发出刺耳的呼叫，白宇菲被折磨得痛不欲生。只能等猪安静了，他才能安心去睡。

　　昨天晚上，白宇菲做了一个梦，内容是关于遛"薛定谔"。只不过，这次他看到"薛定谔"丢失后，开心得大笑不止。很快，他听见一阵抓挠声，和指甲刮过黑板的噪音同属一类。猝然惊醒的他跳下床，心里嘀咕着："服了服了，养啥不好非养猪，丢了还要再养一只。"隔壁房门被推开的同时，"薛定谔"嗖地蹿回小窝里。他打开灯，看见墙壁的踢脚线上有几道惨烈的抓痕。就在他发誓明天一定要把"薛定谔"送走时，罗珊突然出现在身后，拍了下他的肩膀。

"哎哟，没被猪吓死，要被你吓死了。"

"我才被你吓死了好吧。"

"你看看'薛定谔'干的好事。"

"很稀奇吗？你刚来的时候，不是也适应了几天吗？"

罗珊打着哈欠走出房间。白宇菲双手抓狂地在空中挥舞几下后，也重新躺回床上。巨困无比的两个人先后睡着了。

早上，闹铃声杀入白宇菲的耳朵时，罗珊已经洗漱和饮食完毕。出门前她拍了拍"薛定谔"的脑袋，示意它要乖。当然这不会起到什么作用。

见罗珊离开，白宇菲拔腿就往"薛定谔"的房间走。奇怪的是，他没有听见"薛定谔"的叫声，进门后才发现"薛定谔"并非不想叫了，只是它的喉咙已经哑掉，根本叫不出声。他拍了拍半腰高的棕黄色宠物窝，"薛定谔"吓得往里缩了下身体，两只圆圆的黑眼睛慌张地望着四周。

毫无疑问，"薛定谔"并不喜欢家里的两个大人。同样白宇菲也不待见"薛定谔"，只有罗珊想当然地以为"薛定谔"需要她。或许第一只"薛定谔"是需要和喜欢她的吧。

"有的猪喜欢被遛，有的猪喜欢自由。"白宇菲絮语。他平心静气地给"薛定谔"喂完食后，找到一个硬纸箱把它放了进去。当"薛定谔"想要逃出纸箱时，他就把它拍进去，死死地按住箱口的盖板。

白宇菲来到草坪上，等四下无人时，他急忙打开纸箱。"你自由了，'薛定谔'。我们都自由了。""薛定谔"先是不敢动弹，很快它就逃命似的翻出纸箱，一扭一扭地钻进草丛，不见踪影。

白宇菲察觉到草坪边上有一个人，正死死地盯着他看。当他怯怯地转身时，那人才把目光从他身上移走。他若无其事地离开，但心虚到出汗，紧张得可以听到脉搏跳动的声音。

一整天，白宇菲都在想该怎样和罗珊解释他私自送走了"薛定谔"的事。下了班，他第一时间赶回家里。房门一开，他看见罗珊双手叉腰站在玄关那里，一副兴师问罪的样子。

"你今天回来这么早啊？"

"少废话！'薛定谔'呢？"

"我放生了。"白宇菲故作镇静，蹲下身子换鞋。

"放了？放哪里了？为什么放了？"

"就楼下那片草坪。'薛定谔'又不喜欢咱家，再说，它太闹腾了。"

"我看是你在闹吧！我买的猪，你凭什么说放就放？"

"你在家里养猪也没经过我同意啊。猪不是我的，难道房子不是我买的吗？"

白宇菲站起来直视罗珊时，能感觉到她全身的筋骨都在抽动。

"对！是你买的，我走，行了吧！"

"欸，我不是那个意思。冷静一点。"

"你自己冷静去吧。"罗珊一把推开白宇菲，用力拉开门，出门后又"嘭"的一声关上。她全身的血液都沸腾起来，三步并作两步地奔向草坪，撇下白宇菲独自愣在原地。

白宇菲无力地走到茶几旁，倒了半杯凉白开，咕咚咕咚地喝了下去。他好像早就预料到罗珊会发飙。

一个半小时后，罗珊没有找到"薛定谔"的踪迹，悻悻地回到家中。白宇菲缓缓地从沙发上立起，呆呆地望着她。罗珊从他眼前经过，没有说任何话。接着，他听到房间里传来翻箱倒柜的声音。再然后，罗珊拖着行李箱从卧室里走出来。

"你要去哪儿？"白宇菲满脸疑惑地问。

"都冷静冷静吧。"

他们对视了一眼。白宇菲从对方眼睛里看到了疲惫和失望。没等他再问话，罗珊已经打开门。这次，白宇菲同样没有挽留，他知道罗珊的脾性。

晚上遛弯时，白宇菲注意到楼下的草坪上站满了人。他好奇地凑过去。一只死猫呈现在眼前，猫身子侧躺，肚皮向上翻。看到这里他还晒了一句——这有什么好围观的。他在人群里向前挤了一步，才看见从猫头上延伸出来的一条麻绳。眼下麻绳依然系在猫脖子上。猫的脖子显得又长又窄，相较之下猫的脑袋像气球一样膨得老大，严重怀疑猫是活活被勒死的。

旁观者说，这只猫是被人扔在垃圾桶里被拾荒者翻出来的，现在这世道，经常有些心理扭曲的变态对无辜的小动物下手。白宇菲想到"薛定谔"，后怕不已。万一"薛定谔"遭遇不测，他将难辞其咎。

离开现场，白宇菲暗暗发誓要找到"薛定谔"，同时要找寻的还有他那岌岌可危的婚姻。当然，他也清楚第一只"薛定谔"大概率已经死于非命，把希望寄托在第二只"薛定谔"身上才是明智的选择。

回到家，白宇菲惶惶不安地坐在沙发上看剧。没了和罗珊的讨论环节，他觉得剧情实在枯燥乏味，索性关掉电视，躺到床上。按理说房间里很安静，对有睡眠障碍的他是种福音。事实上，他翻来又覆去，压根儿睡不着。

上一次白宇菲出现彻夜难眠的情况是在两个月前。那晚九点过后，他便早早地躺在床上。等罗珊忙完，已经是十点三刻了。她小心翼翼地走进卧室，关了灯准备休息时，才发现丈夫根本没有睡着。白宇菲一个翻身，闪电般地拉开窗帘。窗外遍地清辉，借着月光，他能清晰地窥见罗珊的轮廓。一双大手以猛虎出山之势径直伸了过去。罗珊心细如尘，立刻明白丈夫的意图。她没有反抗，任凭丈夫搂着她的肩膀，顷刻间把她从离床一米远的地方拉过来按倒在床上，几乎是同一时间，他也扑倒在床中央。罗珊一抬头，刚好贴上他的胸膛。他的心跳得厉害。罗珊没有说话，他也默契地保持沉默。他往下挪了挪身子，左手撩开她的刘海，想用嘴唇去贴她的嘴唇。感受着对方的呼吸越来越近，他慢慢地闭上了眼睛。

接吻成功，白宇菲有点小得意。他挑逗地了看了一眼罗珊，罗珊也睁眼看他。对视三秒后，他脱口而出："不要避孕了吧。"

"还不是时候。"

"要等到什么时候？"

"至少等我忙完手上的项目。"

"工作是忙不完的。还是早作打算的好。"

白宇菲说着话，手却不老实地在罗珊身上游走。罗珊朝他摇了摇头，她起身，快速拉上了窗帘。房间里顿时黑暗起来。等罗珊躺回床上，白宇菲的手继续动作，但罗珊的抵制比他预想的还要坚决。"早点睡吧，晚安。""别闹了，明天还要早起呢。""够了，我生气了！"

但白宇菲像个进攻的猛兽，听不见罗珊的声音。"啪——"就在他跨在罗珊身上的时候，罗珊狠狠地给了他一记响亮的耳光。

白宇菲完全呆住了，像晴天霹雳当头一击，在他冲上情绪的巅峰时被从头到脚浇了一盆凉水。他清醒了，接着咽了两口唾沫。

"对不起，我——"罗珊意识到自己反应有些大并火速道歉，声音里带着几分自责。

"没事，睡吧。"白宇菲长舒一口气。两个人各自躺在床的左右边沿，中间隔出很大的空间。那一晚，两个人默默思忖了许久。不确定罗珊有没有睡着，但白宇菲是实打实地彻夜未眠。刚开始他有些懊恼，懊恼的是自己居然想用男人的力量迫使罗珊屈服。之后是气愤，气愤的不是挨了一耳光，而是罗珊固执己见，一再推迟要孩子。最后，他在脑海里上演了一出情景剧。他设想罗珊会悄悄起身到隔壁房间睡，这样他就能顺势站起来拦住她，表明他才是出去睡的正确人选。但罗珊一动不动，她保持着背对他的姿势，始终缩在床边。这反倒让他不知所措。他不能起身，一旦破坏掉此刻的安静，将无法掩盖自己睡意全无的事实。

想到这儿，白宇菲心里犹如百爪抓挠。为什么不能体谅彼此的难处呢？为什么罗珊明明忙得要死，却还是愿意花时间在"薛定谔"身上呢？

在梦与醒的边缘来回徘徊，正如临死的病人在充满福尔马林气息的梦里挣扎。白宇菲睁开眼。周围已经有光亮透过窗帘的缝隙钻进房间，再过二十分钟，城市就会热闹起来。他彻底放弃了睡眠，推开门走出卧室，来到曾经关养"薛定谔"的房间。木制房门上残留着"薛定谔"的抓痕。"是我错了吗？我错了吗？"他轻声问。

早上，白宇菲冲了杯咖啡，啃了块面包便奔向公司。刚结婚时，他确实做过几天早餐。不知怎的，他和罗珊都吃腻了。后来他没心思做了。也许还有赶着上班的缘故。路上，他拨了罗珊的电话。没有人接。他又打给了罗珊的妈妈——林女士。结果林女士反过来追问他："你和珊珊吵架了？你到底怎么做丈夫的？"他没有置气，而是恭敬地说："全怪我，是我的错。"

白宇菲跟单位请了一天假。请假的原因是身体抱恙，实则是去寻找"薛定谔"。在去丈母娘家接罗珊之前，他需要拿出态度以表歉意。

一天过去，寻觅无果。白宇菲颓然地走在回家路上。经过屠宰场时，他的脚步不由得慢下来，最后站在屠宰场的门口。保不齐"薛定谔"被人带到了那里，他这样想着，松弛的神经立刻紧绷起来。虽然自知荒唐，但他还是决定进去看看。

林女士来到了白宇菲的住处，左敲右敲，敲不开房门。一打电话才知道女婿去了屠宰场。

"一日夫妻百日恩，夫妻哪有不吵架的。床头吵架床尾和嘛。"林女士的谆谆教导并没有新意，可她的意思很明确，就是要白宇菲把罗珊哄回家。

白宇菲点头说"是"，表明他和林女士站在同一立场。挂电话前，林女士还暗示了他一下："放心吧，气也撒了，她也快回去了。不就是一只猪吗，再怎么着能比得过枕边人吗？"

挂了电话，白宇菲想起前一只"薛定谔"第一天住在家里时的情形。罗珊前思后想给它起了这么个又潮又飒的名字——薛定谔。可惜，除了罗珊自己，没有人可以用这个名字把这只清高的猪喊到身边。当白宇菲喊"薛定谔"的时候，人家理都不理呢。只有他喊"猪"或者"猪猪"这样的称呼时，"薛定谔"才会扭头赏他一个眼神。只不过后来遛久了，"薛定谔"才跟他亲近起来。与其说他制服了"薛定谔"，不如说"薛定谔"接纳了他。一个月后，他消除了自己的偏见。猪或许不像猫灵活，但笨笨的也挺可爱，或许不像狗忠诚，但也默默陪伴了他们一年多。他偷偷观察过"薛定谔"。它生得很漂亮，毛不长，肢体光滑，肚子微胖。眸色是很纯正的黑色，见到生人时眼神有几分骇人。光线暗下来时瞳孔变圆，一双眼珠像极了点缀着黑曜石的琥珀，盯着人望时，清亮亮水汪汪，再坚硬的心肠也该软了。想到这里，他似乎理解了罗珊当初为何那般难以接受"薛定谔"的丢失了。

白宇菲走进屠宰场。角落中，一只黑色的小猪被倒挂在铁钩子上，被动接受着被屠宰的命运。"停下，快停下！"他跑起来，表情慌张。杀猪手停下来，不明所以。"抱歉，让我确认下。"他走近，仔细端详着小猪的额头，上面并没有灰色的月牙印。他低头再次确认了一眼。"吓死了，我以为它是我的——"他喘着粗气。杀猪手请他站远些。没等他走远，杀猪手麻利地操起刀子，划过小猪脖子。鲜血淋漓，叫声惨烈。

白宇菲握着拳头向后瞄了一眼，感慨道："多么无助的小生命。"不知过了多久，小猪安静下来。接着，杀猪手给这只小猪放血、吹气、烫猪、褪毛、开膛……白宇菲像泄了气的气球，无力地杵在一侧，每一道工序都让他惊怯不已。"薛定谔"的影子在他脑中不断浮现。他觉得"薛定谔"就像一个窗口，透过它，他窥探到了人性中微妙又复杂的关系，比如控制和适应，比如尊重和信任，比如什么是面对意外应有的态度，以及什么是爱。

白宇菲拖着疲惫的身心回到家中。房间里难得没有人打扰他，可他做什么都不自在。不想做饭，随便翻点零食喂饱肚子。在柜子的最上方，他摸到一瓶龙舌兰。他像看到了救星一样。以前他把自己灌醉可以帮助入眠，而这一次他只换来了几次想呕吐的冲动。最后，他趴在桌上，一动不动。

迷迷糊糊中，白宇菲仿佛听到楼下草坪里传来了此起彼伏的猪叫声。他又惊又怕地飞奔到楼下，撞见一个穿黑衣服的高大男人站在草地上，怀里抱着一只黑色的小猪。男人朝他走来，但似乎看不到他的存在，目不转睛地贴着他的身体走了过去。他屏住呼吸，紧张得手心冒汗。虽然惶恐，但按捺不住内心的疑惑，他转身紧跟过去。

男人来到屠宰场，把小猪倒挂在铁钩上。大门没有完全关闭，白宇菲轻易地迈了进去。借着灯光，他担忧地摸索着向前，生怕触碰到任何东西发出响声，而引起对方的注意。最后他躲在一张大桌子下。细风吹过，带着浓烈的血腥味。这血腥味可能来自今天被杀的猪，也可能来自昨天甚至更早的猪。

男人从一堆锋利无比的杀猪刀里瞬间抽出一把，举着刀朝着小猪的脖子挥去。"啊——"白宇菲闭上眼睛发了疯似的大叫起来。男人迅速回头，分辨出刚才的叫声来自身后的大桌子。四周安静，白宇菲能感知到男人正迈着步子慢慢走来，每一步都让他心惊肉跳。他的脑袋使劲往身体里缩，身体一点点往右倾斜。

"谁？出来！"

白宇菲假装没有听到男人的声音，半睁着眼从桌子下爬出来。就在他趁机想要溜走时，一双大手如石柱般地按在他的肩膀上。他甚至听到肩部骨头断裂的声响。

白宇菲像个木偶一样被男人推搡着向前。他们停在黑色小猪被倒挂的地方。白宇菲斜睨一眼，小猪的嘴里塞了白布条，身体徒劳地晃动着。

"你到这儿有什么企图？"男人恶狠狠地质问。

"没企图，我，只是好奇。"

"好奇——我杀了你的'薛定谔'？"

听到"薛定谔"三个字，白宇菲的眼珠瞬间瞪到最大，身体也乱颤起来。男人的眼睛逐渐向他逼近，最后离他的眼睛只有五厘米。

白宇菲避开男人的目光，弯着腿向后退了一小步。"'薛定谔'在哪儿？"

男人眼中闪过一道寒光，旋即举起了手上的刀。"认识吗？"

"杀猪刀？"

"嗯，只要一刀，就能割断脖子上的动脉。"男人冷笑着。

白宇菲自然相信男人的话，他见识过杀猪刀的厉害。"你——到底——想——怎样？"他强装镇定，但语气里尽是颤抖。

"你来持刀。杀了猪，就放了你。"

"不。不行。"白宇菲畏惧地盯着男人，本能地摇头。与此同时，一把光亮亮的杀猪刀横到他的脖子前。惊慌之余他感受到刀刀的锋利与冰冷。一边是挣扎的猪，一边是他的安危。这个选择不难。他缓缓接过了男人手里的刀。

"把猪头砍下来。"

"什么？"

"砍头，听不懂吗？"

"不，我不敢。"

"别让我重复第三遍。我不是复读机！"男人音量很高，像要吞噬掉白宇菲的样子。

"抓住猪脖子。"男人指挥道。

白宇菲咬着牙伸出左手，碰了碰猪脖子。那只小猪像被电击了一般，浑身剧烈地摇晃。这时他看到猪头上有一块灰色的月牙印。"是'薛定谔'！是'薛定谔'！"他崩溃地大喊。

"把刀架到它脖子上！"

白宇菲颤巍巍地持着刀，一点一点地贴近'薛定谔'的脖子。只要他按照男人的指示继续下去，'薛定谔'的头马上就会滚落在地，脖子上的血会像柠檬汁那样喷射出来。

"现在，抓稳刀，用力，往下。"

"往下。——我不重复第三遍！"

白宇菲闭上眼，腕部发力，刀压着'薛定谔'的脖子往下切。不知是刀不够锋利还是'薛定谔'的皮太厚实，他始终没能切下去。"啊——"他狂吼一声。等他慢慢睁开眼睛，眼前的'薛定谔'早已不见，取而代之的是罗珊躺在桌子上，四肢被绳子捆绑着，嘴里被塞了布条，脖子上还架着一把刀。罗珊的瞳孔瞪到极限，五官扭曲到错位。她盯着白宇菲，眼珠从左滚到右，喉咙里发出那种受到生命威胁时求生的急切呼喊。

"啊——"白宇菲感到尖锐的物体硌着他的脖子，强大的痛感将他惊醒。原来是桌沿。

"你怎么了？脸色好差，做噩梦了？"

白宇菲这才反应过来，刚才的声音来自罗珊。他撑着胳膊从桌子上爬起，面色通红，呆呆地望着罗珊。突然，他带着哭腔说："真对不起啊，我没找到'薛定谔'。"

"你没事就好。有缘的话，会再遇到'薛定谔'。——我们的问题，也不是出在'薛定谔'身上。"罗珊的眼神温情脉脉。

白宇菲点点头，一把抱住罗珊。"我爱你。你就是我的'薛定谔'。"

"你说，我是猪？"罗珊捶了下白宇菲的后背。

"我是你的'薛定谔'，总可以吧。"

"真傻。"罗珊止不住地笑了。

那一刻，白宇菲感受到一束光真实地落在身上，内心深处的委屈、不甘和坚硬如石的愧疚纷纷破裂。恍惚间，他看到'薛定谔'的身影在墙壁上一掠而过。

以疯之名

我怎么也想不到，几个月不见，叶志远居然疯了。

是的，疯得突然，没有预兆。叶志远穿着红内裤在公园嗨舞，蓬头垢面，短发松针似的笔直。围观的人送来不少冷嘲热讽。"啧啧，看好戏喽。""瞧他平日里那副清高的样儿，没想到也有今天哪。"

然而这些并非我亲眼所见，而是从顾曼嘴里听来的。

那天下午，我走进一间怀旧酒吧。

"没有人能做到容颜不朽，就像这怀旧的地方只能更旧。没有一首歌能唱尽所有的愁，只有唱着老歌的人欲哭还休……"

酒吧里的歌手深情地唱着。我点酒时，瞥到顾曼在吧台上，正捧着一杯杰克斯红酒发呆。她的脸庞犹如和田玉般光滑，一双黑水晶般的眼眸楚楚动人。只是，眼神空洞而忧郁。我走到她面前。"顾曼，是你吗？好久不见，美得我都快认不出你了。"

"哦，是你啊，这么巧。半年没见了吧！"顾曼说话时慢吞吞的，眼神还有些飘忽。

"我刚回来，没想到在这儿遇到了你。最近好吗？"

"就那样。只不过，志远他，疯了。"顾曼说完，一口饮尽杯中酒。

"啊？什么情况？"我简直不敢相信自己的耳朵。

顾曼盯着酒杯。"也就十几天前吧，邻居打电话叫我快到公园看看。我赶了过去，看到他——"顾曼晃一下酒杯，叹一口气，"看到他呀，只穿个红内裤，扭来扭去，尖声浪叫着。一圈人围着看笑话。"

"后来呢？"我迫不及待地追问。

"被公园保安带走了。回家后，他还是疯疯癫癫的。"

我目瞪口呆地望着她。"怎么会呢，他一向稳重啊。"

"你看到他，也许就明白了，我得走了。"顾曼说完一口饮尽红酒径直离开了酒吧。

第二天上午，我来到叶志远家。大门开着，内屋上了锁。顾曼之前在院中养的玫瑰、蔷薇、芙蓉早已枯得只剩花枝，不见花红。整个院子一片平整，从院门到厢房，路上没有一个脚印。

寂静，死一般的寂静。除了墙角的一小片迎春花在白雪覆盖中倔强绽放，让人稍微感到一点活力。我没有找到志远，他的电话也打不通，只好打给顾曼。这才知道她很多天没有见过志远了。然后我和顾曼找了他一整天，也没找到志远。

晚上回家，我恍惚看到路口超市门口有个中年男人蹲在地上，旁边还摆着一个脏兮兮的铁碗。感觉就像春天花园里的枯枝败叶，无人怜爱。我走近些，看到他脸上标志性的泪痣，一下确定眼前的人就是志远，赶忙联系了他的妻子。

其实，说顾曼是志远的妻子已经有些勉强。一年前，顾曼向志远提出离婚，但他死活不同意，在顾曼面前又哭又跪的。一直到最后，两个人也没办成离婚手续。但这并不妨碍另一个男人追求顾曼。那个男人双亲已故，还丧偶，以养马为生。半年前，顾曼搬到那个男人家中。有人觉得顾曼是贪图男人的钱才始乱终弃的。但我觉得，顾曼不像是重财轻义的人。

奇怪的是，顾曼搬走后，志远从未找过她。志远的日子过得兵荒马乱的，不是跟人喝酒赌博就是跟人打架斗殴，偶尔还沉迷于作画中。别说，他画得惟妙惟肖的，挺有天分。也是这个原因，我与他一直交好。我好心劝诫他不要这般糜掷生命，他却油盐不进。

听志远说，他和顾曼是在情人湖边认识的。那个傍晚，风很凉。志远穿着灰白色休闲装，手执画笔，懒散地盘着腿坐在草地上。顾曼从小就喜欢有文艺气息的男生。她经过时，不由自主地停下来。她观察到志远留着约十厘米长的头发，蓄着短髭，一双细长的睡凤眼，满目星光，惹人心神荡漾。而志远潜心作画，根本没注意到她的存在。后来，顾曼鼓起勇气主动和志远搭话，索要了他的手机号码，他倒也来者不拒。次日，顾曼就约他吃饭……

可以说，顾曼对志远是一见钟情。而志远对顾曼则是日久生情。

刚结婚时，两人举案齐眉，你侬我侬。只是志远除了画画别无所长，也没个正经工作，偶尔帮人看看书店，或者在印刷厂当个临时工，诸如此类，聊以生计。志远这点收入还没有顾曼在美容院的收入多。借用一首打油诗来形容他们的婚姻状态就是：琴棋书画诗酒花，当年件件不离他。而今七事都更变，柴米油盐酱醋茶。

据我所知，志远只赚到过一次大钱。一家广告公司需要给厨房设计一个动漫形象。我把这个消息告诉了他。志远用红辣椒、大葱、南瓜等食物设计了一个卡通人物，没想到产品负责人还挺满意。最终志远获得八千元奖励，相当于他三个月的收入。事后，他和顾曼还慷慨地邀我去饭店美餐了一顿。在饭桌上，顾曼笑着说："我家志远是能赚大钱的！"听到这话，志远立马干咳了两声，端起酒杯，示意我喝酒。我也识趣地端起酒杯。

几天后，我听说他们两个人大吵了一架。起因是志远花了三千多块钱为顾曼买了一个玉手镯。要知道当时他们家连一件像样的家具都没有。没有空调，只有一个电风扇。电视是老式大肚子彩电，沙发是用木头、棉花和柱状大弹簧自制的。顾曼看着手上的镯子，幽幽的绿，澄净如碧波。她的眉毛简直要拧到一起，大声呵斥："家里都揭不开锅了，哪还有心思臭美？你，快退了吧。"志远呆呆地望着她，撇嘴说："要去，你去！"顾曼嗤笑一声。那一刻，顾曼就明白两个人的婚姻已经出现了很大的裂缝，除非有一方妥协，否则稍有日晒雨淋，便会四分五裂。

顾曼在电话里听我讲了志远在街边乞讨的消息，刚开始是有些生气的。然后她沉默了一会儿，平静地说："你也知道，他没什么亲人，还是得靠我出马。"

我松了一口气，赶紧说："离开你，他活不了。辛苦你了。"

顾曼来接志远时，打扮得很华丽，穿着一条米白色和淡蓝色拼接的大风衣，戴着一顶硕大的英格兰风帽子，脖子上挂了一个月牙形的翡翠项链。顾曼缓缓走来，好像要对所有人宣示，她现在过得丰衣足食、光鲜照人。

看到顾曼，志远突然像晴天霹雳一样猛颤了一下。

"你——怎么？"她欲言又止。志远一语不发，眼神呆滞，身上穿着一件捉襟见肘的碎花小棉袄，那是多年前他母亲留下的。

顾曼小声说："一个有手有脚的大男人，不嫌臊。还不快走！"

"顾曼来了，打起精神来。"我拍拍他的肩膀。

志远讪笑着，傻傻地盯着顾曼，直到她用力地皱起眉头。

顾曼拦下一辆出租车。我们一起拖着志远一起上了车。汽车朝前飞奔，车窗外灯火通明，辉煌得令顾曼想哭。

顾曼后来的男人叫江兴有，比顾曼大十岁。江兴有当然对叶志远心存芥蒂。两个人的日子才刚开始，房间里突然又多了位顾曼法律意义上的丈夫，任谁都不痛快。

"哎呀，兴有，我怎么忍心看他乞讨呢？要是有一天我疯了，菩萨心肠的你也不会不管我的，对吧？"上一次顾曼用这种温柔谄媚、娓娓动听的语气对江兴有说话，还是因为他借钱给她。

"呸！你是你，他是他。咋的，你俩还穿着一条裤子呢？"江兴有叉着腰，表情像个老板，他正在审核一份糊里糊涂的报销单。

"不是分不开。他是个孤儿，怪可怜的。"顾曼依旧和颜悦色。

"天底下的孤儿多了。再说，给他请个保姆不就行了。"江兴有捶了捶自己的后背，顾曼赶紧迎上来，小心地给他捶起背来。"找到保姆前，能不能让他先去楼上住几天，权当积福嘛。"顾曼摇着江兴有的胳膊，迂回地试探。

江兴有一把拉住顾曼，顺势把她搂在怀里说："算了，我也不是铁石心肠。只要你和他离婚，专心对我好，我便留他几天。"

顾曼犹豫了两秒，点头同意了。第二天，顾曼带着志远去办了离婚手续。就这样，志远留在了江兴有家。

江兴有高中毕业后就在郊区养马为生，至今已经快二十年了。他的前妻在驯服一匹苏格兰纯血马时，从马上摔下来，撞到石头上不幸身亡了。顾曼到跑马场看比赛时，因缘际会结识了江兴有。江兴有对顾曼百般殷勤（或者说死缠烂打）。当时恰逢顾曼父亲病重，江兴有主动施以援手，用三万块钱解决了她的燃眉之急。虽说江兴有多次以教顾曼骑马的名义，对她动手动脚，这让她厌烦，但碍于恩情，她还是回应了江兴有的追求。离开志远时，她语重心长地劝志远去找个稳定的工作，重新开始。志远没有哭闹，咬牙切齿地说了一句："你会回来的。"

顾曼和江兴有尝试交往后，便辞去美容院的工作，当起了家庭主妇。只是那时候两个人还没有领证。他们住在跑马场后的小别墅里。那别墅是个小二楼，浅蓝色的墙壁，大红色的屋顶，在一众灰头土脸的平房中格外梦幻出尘。

现在，顾曼和江兴有住在一楼，志远住在二楼。这样志远出门时，他们夫妻就能看到。

顾曼喜欢待在别墅的院子里。那里有两个铁锅一样大的砂岩花盆，里面分别种着兰花和茶花。兰花的价格被炒得很高，像绿云、程梅之类的品种，一株壮苗至少两千元。和江兴有在一起后，顾曼终于有条件来实现养贵族兰花的心愿。茶花便宜，但不好养，通常是花苞易见，花朵难留。顾曼把大部分心思都放在养花上，细细打理每一根枝条，轻轻擦拭每一片叶子。兰花开时，舌瓣上有斑点，浅绿色的花瓣优雅醉人。茶花开时，气味芬芳，淡红色的花朵热情绚烂。于顾曼，它们一个是春天，一个是夏天。

白天，江兴有经营跑马场，顾曼偶尔过去帮忙。值得一提的是，江兴有的跑马场占地三千平方米，有赛马场、环形看台、游客服务区、马厩等。最吸睛的还是那几匹良种赛马。江兴有说它们都是从爱尔兰和伊朗买来的优秀纯血马，也不知道是真是假。这些马骨骼细，颈又直又长，尻长，四肢也高长。肌肉一长条一长条地隆起，关节和腱边缘明显。身上的毛多为骝色和栗色，也有黑色和青色的。两个月后，顾曼才一一认清了它们，还精心地给赛马起了新名字，比如绝影、闪电、一身栗、玉花骢、哆来咪等。看客们对此赞不绝口，跑马场的名气也大了起来。

一个星期过去了，志远似乎从未想过要走出别墅，甚至很少下楼。顾曼也没有特意去看他。尽管她知道应该多陪陪志远，但她怕江兴有不悦。饭点时，顾曼会把饭菜端上去。志远吃饱喝足了，就缩在房间里祸害家具或者趴在桌上涂鸦。他房间的窗帘永远拉着，房间里总是暗的。厕所是他走出房间的唯一动力。当然，他是甩着脑袋吹着口哨蹦过去的。疯子，总是要和常人表现得不一样。

一次晚饭，江兴有迟迟没有回来。顾曼端着饭上了二楼。从外面看，他房间的窗帘依旧拉得严实。她轻轻推开门，瞧见叶志远在一盏昏黄的小台灯下埋头作画。

他居然能静下来画画？顾曼怀着疑问，悄悄靠近。"志远——"

志远的身体像被电击一样抖动了两下，急匆匆地把画收起来，塞到被子里去。

"画的什么？还给藏起来了。"顾曼扫了一眼床。

志远倒在床上伸头缩颈，嘟着嘴，一言不发。

"给我看看，不然不给吃饭。"

"咴——"他微咧着嘴，像马一样叫起来，拖着长长的尾音。

顾曼凝注了志远三秒钟，他眼神空洞，眼帘半垂。恍惚间，顾曼想起他们初遇时的情景。凉风习习，芦苇轻摇。志远坐在风里，斜执画笔，阳光漫过他的脸颊，当时顾曼觉得整个世界更亮了。她准备开口的那一刹，心跳止不住地乱了节奏，感觉像上课走神时突然被老师点名，或是下楼梯时一脚踏空。现在，志远胡子拉碴、披头散发地躺在衣服堆里，凌乱的房间里飘着轻微的异味，就像许久人未至的田园，被荒草所占据。爱情有时就是这样，让人先红了脸，再红了眼。

顾曼放下饭菜，猛地拉开窗帘，推开窗户。清新的空气扑面而来。志远画了什么已经不重要了，只要他安分地待在这里，顾曼便心满意足了。顾曼下楼时黯然神伤，"志远若是疯了，真成我的罪过了。"

一周过去了。顾曼对江兴有的态度莫名好转，不再刻意和他保持距离，还主动嘘寒问暖，惹得江兴有每天眉开眼笑的。顾曼没有去找保姆，江兴有也没再提及此事。晚上，江兴有肆无忌惮地和顾曼在楼下的卧室里翻云覆雨，像极了一对恩爱的夫妻。此时，志远就蹲在他们楼上盯着地板，手指在地上不停地画着圆圈。

志远住进来的第十天晚上，江兴有唉声叹气地回到家。刚进屋就骂："杀千刀的啊，'赤兔'不知道被哪个畜生害死了！"

"啊，怎么回事呢？"顾曼瞠目结舌。

"血管爆裂，跑死的。"江兴有嗒然若丧地坐到院子里的木凳上，用力拍了两下大腿。

"怎么会跑死呢？"顾曼一脸疑惑。

"天知道，兽医在它体内发现了兴奋剂。"

"兴奋剂？啊，谁会这么缺德？"顾曼忽然想起志远画马的事情。但她没有告诉江兴有。

"真是缺德！别让我逮到这个兔崽子。"江兴有气鼓鼓地握紧拳头。

晚上，江兴有一夜没睡。第二天一大早，他就忧心忡忡地赶到跑马场。江兴有走后，顾曼来到二楼。志远还在睡觉。她把饭菜放在桌上，瞥见桌上的一幅画。这时，志远倏地睁开眼，跳下床，迅速从她背后窜出来夺走饭菜，用手抓着米饭狼吞虎咽起来，吓得她后退了一步。

顾曼抓起那张画，仔细看了看，有红指甲油涂在上面。画上的马看上去像在流血。顾曼抿着嘴，若有所思。她转身，踱到床边，发现了另外一幅没有完成的画。上面画着一匹周身黑色、四只蹄子雪白的马。顾曼想到了"四蹄雪"。那匹马是江兴有的最爱。但顾曼讨厌它，前些天，她刚从它的背上摔下来，磕破了膝盖，现在还疼呢。

顾曼皱着眉，抬头看了一眼志远，他已把饭菜吃了个精光，正嬉皮笑脸地在床上打滚呢。顾曼神色凝重地收拾了碗筷，关门离开了。

五天后的晚上，顾曼在院子里俯着身子观察兰花，刚要转身回屋时，江兴有杀气腾腾地从跑马场回来了。

"天杀的，到底是哪个浑蛋，害了我的'四蹄雪'？"江兴有的眼神像野狼一样凶恶。

"咋死的？"顾曼平静地问。

"被畜生下了药。"江兴有一脚踢飞地上的凳子，狠狠地跺了一下脚。

"谁干的？"顾曼追问。

"不知道，每天进进出出的人太多了。"江兴有崩溃地抓着头发，继而想起什么似的拍了下脑袋，大步冲上二楼，猛地推开门。志远正伏在桌子前描着画。

江兴有一脚踹过去，志远翻倒在地，呜呜地叫着。刚进门的顾曼吓了一跳，赶紧去扶，不料江兴有咬着牙，又狠狠地踹了志远的屁股两脚。"说！是不是你，害死了我的马？"

志远缩着身子，嬉皮笑脸地说："死了——好哎——死了好！"

江兴有更加冒火，边踢边骂："你个疯子！扫把星！孬种！懦夫！讨吃鬼！"一顿打骂过后，他恨恨地对顾曼说："让他滚。马的死，跟他脱不了干系。"

"好吧，我安排。"虽然这样说，顾曼还是于心不忍，好歹夫妻一场，她做不到弃志远不顾。

江兴有下楼后，顾曼拍了拍志远的肩膀，伸出大拇指。

又过了三天，顾曼上楼送饭时，看到志远在画一个人的头部。志远画的马接连出了意外，要是江兴有看到一幅马踩他脑袋的画，他会作何感想？会毛骨悚然吗？

夜里，江兴有半夜上厕所时，遽然听到几声长长的嘶鸣。他提起裤子，顺着声音掀起门帘跑出去，却被摆在门口的兰花盆绊了一脚，栽倒后正好磕在茶花盆上。额头被花盆沿的尖角划破了两道口子。他一边捂着伤口，一边大骂王八蛋。顾曼听到动静，披上衣服跨出门。

"谁呀？谁把花盆放门口的？"江兴有嚷嚷道。

"怪我怪我，预报说有雨，我就挪门口了。"顾曼过去扶江兴有，却被他一把推开。

江兴有骂骂咧咧，说几天前他看到疯子在画马，指着画纸念念有词，说"去死"什么的。结果"赤兔"隔天就死了。他怀疑这不是巧合，疯子有可能在装疯卖傻，或者有人在唆使他、利用他。为了查明真相，江兴有在楼梯口装了监控。"四蹄雪"死的时候，监控里并没有看到疯子。

下午，江兴有跑去二楼，看到疯子在作画。画中有匹马踩在一个人的头上，这个人赤身裸体，马却穿着白色的衣服，戴着绿帽子。疯子指着画中人胡言乱语："踢死他！踢死他！"江兴有怒火攻心，狠狠地踢打了疯子。

顾曼听他讲完，没有一丝诧异。她知道会有今天。而且她认为监控实质上是监视她的行踪。

江兴有一直怀疑志远画的是自己，在跑马场变得小心翼翼的，生怕冲出来一匹马，把他踢翻在地。白天还好，到了晚上，他无法控制一样东西——睡眠。不管他如何理性地劝慰自己，总免不了做噩梦。

有天晚上，江兴有小酒一喝，来了兴致，想和顾曼恩爱缠绵，却察觉到顾曼很不配合。他不满地质问顾曼是不是还想着和楼上的疯子重归于好，顾曼不作回答，他又问了一遍："是不是？"顾曼不耐烦地说："你有完没完？"

江兴有积压的情绪像爆竹般引燃了。他狠狠地给了顾曼一巴掌，骂她不守妇道，要是守妇道，也不会没离婚就和他厮混在一起。现在指不定还背着他和疯子苟且呢。顾曼呜咽起来，两个人吵闹了将近一小时。最后顾曼跑去隔壁房间睡了。江兴有则喝起闷酒。

夜里，江兴有在睡梦中听到耳边有断断续续的声音，像是马在啃草的声音，像素描时铅笔划过硬纸板的声音，又像雨点拍在树叶上的声音。江兴有烦躁地翻起身，感到血液疯狂地在血管里涌流，耳朵里窸窸窣窣的声音简直要把他逼疯。

更大的苦恼接踵而至。清晨他明明听到了马的嘶吼声，可顾曼却说什么也没有。一怒之下，江兴有把志远赶出了家门。志远回到老家，顾曼抽空就去看他，给他送点饭菜。两个人交流不多，也没有必要挑明什么。

江兴有的情况没有好转。两眼浮肿得像金鱼，里面布满血丝。他愈发草木皆兵，只要提到跟马有关的内容，他就感觉有一群马在自己的头顶咆哮，伸出马蹄踢向他。耳朵里也像埋了一颗定时炸弹，每分每秒都能听到响亮的嘀嗒声。强大的心理压力下，江兴有终于崩溃了。

八天后，皓月当空。江兴有梦见自己在一望无际的大草原上，筋疲力尽地向前急跑，身后有一群骏马朝他奔驰。他不小心摔倒在地，几匹马冲上来，高高地扬起前蹄，踩向他的脑袋……

江兴有被折腾惨了，他的面容越来越憔悴，眼神越来越涣散，精神越来越恍惚，随时有一种条件反射的恐惧。

连续几天夜里，江兴有都会把双脚搁在桌上，嘴里嚼着花生米，瘫在沙发上喝酒，一直熬到很晚。顾曼好不容易睡着，又被吵闹声惊醒。江兴有呼喊着，身体抖动得厉害，顾曼用全身的力气都无法止住他，反而随着他一起哆嗦起来。

后来，顾曼特意带江兴有去看了几位心理医生。顾曼问医生江兴有的病能否治好，医生们说不出个子午卯酉。

煎熬，总在夜里最盛。几天过去了。顾曼听不到江兴有喝酒的声音了，她以为他熬不动了，今晚也不会有什么骚动了。当她迷迷糊糊快睡着的时候，突然被人猛地掀开被子，令人抓狂的事情再次发生。江兴有打开所有的灯，厉声尖叫着，光着脚在房间里上蹿下跳，东奔西跑，还时不时摔杯子，扔枕头，砸玻璃。

顾曼赶紧从背后搂住他。江兴有眼珠儿瞪得溜圆，一边奋力挣脱一边惊恐地回过头。当他看见顾曼的时候，显得更加害怕，声嘶力竭地喊："别踩我！别踩我！"过了两个小时，江兴有累得不省人事，趴在地上，不再动弹。顾曼用手捂住他的眼睛，听到他的鼾声才松开。

早上，顾曼听到门外有呵呵呵的疯笑声。她出门，看到江兴有趴在地上拨弄着茶花。

"你在做什么？"

他像小动物一样嗅了嗅茶花，伸出舌头舔了舔花瓣，又咬了一大口花瓣在嘴里不停咀嚼。

顾曼苦笑一声。她知道，他已经疯了。她低头，悠悠地对江兴有说："你疯了，我们就都不用受煎熬了。"

江兴有扒拉着手脚，好像在肯定顾曼的话。接着，他四肢着地，脸贴在花枝上，伸着舌头继续吃茶花瓣。

阴天，黑色的云低低地压在头上，令人透不过气来。顾曼的心像青石间蔓延的苔藓一样，潮湿而阴郁。

志远后来告诉我，顾曼和江兴有刚开始在一起时，他曾跟踪过她几次。每次顾曼来到跑马场，江兴有都会带她去骑马。有一匹四只蹄子是雪白色的黑马，在他面前扬鬃刨地，奔来奔去，他印象最深。还有一匹叫"赤兔"的栗色马，是江兴有的新宠。

这些马的影像一直伴随着仇恨的记忆，深深地刻在他大脑中。后来，马通过志远的画笔，从他大脑里奔腾出来。

志远住进来后，江兴有总觉这个疯子的目光能够穿透楼板，日夜监视着他和顾曼的生活。有一天，他实在忍不住，走进了志远的房间，对志远辱骂有加。发泄后，他感觉气儿一下通畅了。只要他得空在家而顾曼又不在时，他就去二楼嘲弄甚至踢打志远一番。

"赤兔"死后，江兴有一直感觉是志远害的。"四蹄雪"死后，他更加郁结难舒，对志远的折辱也变本加厉。当然，江兴有想过赶走志远，但他又担心疯子胡言乱语，出去坏了他的名声。一个不怕死的人是最可怕的，还是让疯子待在眼皮子底下最好。直到江兴有看到那幅马踩在他头上的画，他疯狂地担忧起自身安危来。

虽然他不信诅咒，不信怪力乱神，但心魔难除，他的脑海里经常会浮现自己遇害的情形。

久而久之，画中的黑马就在江兴有的睡梦中出现了。就这样，黑马从志远的大脑里飞奔进江兴有的大脑里。

后来，顾曼把志远重新接回家中。两个月来，顾曼独自支撑着跑马场，同时照顾着两个男人，忙碌不已，没有精力再培育兰花，于是在院中种植了几株好养活的芙蓉和蔷薇。而志远还是整天待在二楼，鲜少言语。

江兴有已经精神失常，顾曼没什么顾忌的了，索性上楼陪陪志远。渐渐地，她发现志远的眼神越来越光亮，房间也干净起来。

一天晚上，顾曼坐在沙发上插花，突然看见江兴有趴到地上，他手上、脚上都套着雪白色的袋子，一会儿学着马儿刨蹄、喷鼻，一会儿尥蹶子、甩鬃，特别是他嘶鸣时，那样子真真像极了一匹马。顾曼过去拉他，他就卧在地上，像个发脾气的小孩。

这时候，顾曼听见背后有人说："他怎么了？"她猛地回头一看，志远正站在黑乎乎的楼梯上，极其迷惑地望着江兴有。她的心"咯噔"一下，意识到志远已经恢复得差不多了。

顾曼爬上楼，看到志远手里捧着一幅画。画上是她和志远初遇时的场景——志远盘着腿坐在草地上潜心作画，顾曼站在右侧静静凝望着他。

顾曼眼眶微微湿润。这时候，志远拍了拍她的肩膀。"辛苦你了。"志远说话时，用那种"我理解你"的眼神望着她。

沉默五秒后，顾曼眼泪顿时落下，好像要把所有的委屈全部迸发出来。志远先是愣了一下，接着用手温柔地抚摸着她的头发。

三个月后，我回家探亲，在酒吧里再次邂逅顾曼。她正在吧台上专心地涂着红色指甲油，嘴巴时不时地凑近手指轻轻吹气。

"志远现在做啥工作呢？"

"我们俩，一起经营跑马场。"顾曼端起酒杯，仰着脖子抿一口红酒，说："同时照顾江兴有，帮助他治病。"

"有一件事我不太明白。志远当初是真疯了还是在装疯？"

"不知道。但我是真的疯了。"顾曼干脆地回答。

我呆呆地望着顾曼，先是愣住，后来我理解了。我们喝着各自的酒，没有再讲话，只听见哀婉的歌声回荡在耳边。

"没有人能做到容颜不朽，就像这怀旧的地方只能更旧……"

忽视的存在

1

"我见过的孩子里，最聪明的非他莫属了。"

"再聪明的孩子，您都有办法让他乖乖听话的。"女助手看了下时间，提醒罗珊，已经五点二十，该下班了。助手离开后，罗珊在诊断书上写下：ASD（自闭症）、PDD（持续性精神抑郁）。随即又把刚写的词画掉，放下笔，靠在椅背上，陷入沉思。

下午三点整，家访。罗珊走进一间屋子，里面摆设像一个小咖啡厅。中间有两张直径一米的玻璃圆桌，桌子旁各配有三把藤椅，分别是卡其色、珍珠色和浅棕色。靠东面墙的木柜上，放着一个长长的鱼缸，几条孔雀鱼在人造岩石里漫游着。西面墙上，贴着一位女歌手大大小小的海报。南面墙上钉着两个六边形黄木架，一个木架上面整齐叠放着几张音乐专辑，另一个木架上面摆着一台欧式留声机。阳光温柔地透过落地窗洒进房间，窗边有两盆兰花开得正艳，花盆是爱心形状的紫砂盆。罗珊抬头看吊灯时，林女士拉着十岁的儿子白宇菲走进来，打断了她的观察。

林女士在男孩耳边叮嘱了几句后，借煮咖啡的缘由离开了。男孩先是小心翼翼地打量着罗珊，然后突然扭头向西面墙看去。顺着他的目光，罗珊注意到墙上的一张大海报，又看看自己。来之前她特意脱下职业装，换上印有小动物图案的七分袖衬衫和一条中腰浅蓝牛仔裤，没想到跟海报上的歌星撞了衫。她走近男孩，微微弯下腰，说："小菲你好，我是你妈妈的朋友，罗珊。第一次见到你，很开心。"男孩轻轻地摇摇头。"怎么了？不开心吗？"男孩再次摇摇头。"小菲，平常这个时候，你都做些什么呢？"男孩眨眨眼睛，露出一嘴小白牙，一个字一个字地吐出来，"在，上，课。"罗珊温雅地说："周六不用上课的，你想不想跟阿姨玩个游戏呢？"看到男孩点头后，罗珊从手提包里翻出一套扑克牌。这套扑克牌里，每一张牌面上都印着一个几何图案。罗珊洗牌时瞥到男孩正像看魔术表演一样聚精会神地望着她。很好，他对这个游戏很感兴趣，符合预期。罗珊迅速抽出十张牌，摞在一起，递给男孩，问他十二秒内能否记住牌的先后顺序。根据经验，罗珊知道对于没有规律的十张扑克牌，大多数孩子用十秒完全可以记住。考虑到男孩还没有完全放松，她延时了两秒。没想到男孩合了下眼，坚决地说只要十秒。罗珊同意后，开始计数。十秒后，男孩把牌还给罗珊，轻松地说出7、9、6、3、Q、5、1、4、J、8。全对。罗珊准备张口时，男孩抢先说："我还知道每张牌上的图形是：九边形、十一边形、八边形……"她注视着面前的男孩，表情淡定，颔首不语，像一位棋手端注着棋盘，思考着如何走下一步棋。他比同龄的孩子要瘦小些，五官也没有什么特别之处。但直觉告诉罗珊这个孩子智商很高。

罗珊收起扑克牌，嫣然一笑："看来难不倒你嘛。这个游戏结束。接下来我们互相出题玩，好不好？"男孩开始有了笑容，毫不客气地回答："那我赢了，有奖励吗？"罗珊愣了一下："不管谁赢了，都可以提一个小要求，输的人要无条件服从。"男孩眼神坚定，坐得笔直，像个随时可以与她博弈的挑战者。"听好了，有三个……"男孩突然举起右手，义正词严地说："等一下，罗阿姨，规则是您定的，我先出题，才公平。"罗珊投以赞许的目光，并伸手示意他开始。男孩不慌不忙地从口袋里掏出四颗糖，在桌上摆成一行："好了，请找出哪一块糖过期了，你可以问我两个问题。"罗珊盯着桌上的糖果，一模一样。用手捏了捏，也没发现任何区别。"能看生产日期吗？"她刚说完，就想收回这句话。"不可以，还可以再问一个问题。"罗珊咬起嘴唇，心想自己怎么这么蠢，本来用排除法就能赢的。"左边两块糖里，有过期的吗？"男孩摇摇头。罗珊指着最右边的糖，"只好猜一下了，是这颗！"男孩得意地叫起来："不对哦，是这颗。"她不服气地拿起第三颗糖，看了下生产日期，确实过期一周了。

"你想要什么奖励？"男孩眼珠子滴溜一转："罗阿姨，我想让你在四点钟前回到家。"不清楚男孩意欲何为，罗珊只觉得这会打乱自己的工作安排，但她还是点了点头。

轮到罗珊提问，她故作高深地说："男人们聚在一起喝酒，为什么要划拳呢？"男孩一脸茫然。"看来你不知道答案喽。"男孩摇摇头问："为什么划拳呢？"她俏皮地回答："因为敬酒不吃，吃罚酒。"男孩扑哧一下，笑出声来。罗珊左手比了个二，说："两个问题，你要诚实回答。"想到这儿，她有些后悔，该问三个的。

"这几天晚上，你一个人待房间做什么呢？"

"聊天。"

"和谁？"

"一个女孩。"

"你们有什么关系吗？"

一连串的问题让空气凝重起来。男孩的笑容渐渐消失，右手摸着下巴，看了眼墙上的钟表，下午三点四十了。"罗阿姨，四点，你还记得吗？""当然，你回答完问题，我就回家。""可这是第三个问题了。"男孩强调了"三"这个字。她搓了下手指，说："好吧，今天的对话算作我们的秘密，不可以跟任何人讲哦。"

罗珊睁开眼睛，在诊断书上写下：正常。她边收拾提包，边设想着明天家访的情节。路过一家快餐店，罗珊用十分钟喂饱了肚子。"一，二，……，八三，八四。"爬完楼梯，罗珊来到家门口，已是晚上七点二十。进门后，她看到罗浩辰一个人无神地端坐在沙发上看着电视。电视声音很小，他手里揉搓着一张糖纸。罗珊低头换鞋时，问儿子功课有没有做完。罗浩辰瞟了她一眼，嘟着嘴说："早就做完了。"她点点头，像往常一样走进书房，一待就是两个小时。

过去的十年里，罗珊已经为一千七百一十八名患者提供了咨询服务。这些患者中，既有双相情感障碍、精神分裂症、失智症这类重大的精神疾病，也有社会适应障碍、失眠、性功能失调等常见的疾病。听患者讲述这些经历并不轻松，她既要不断接收患者们带来的负面情绪，还要耐心解读他们首尾乖互的杂言乱语。其实，心理咨询师是需要定期接受更有经验的同行给予心理疏导的。但她没有，一方面源于自信，另一方面，她每天的时间都被安排得满满当当的。

罗珊忙完，儿子已经睡着。在他的床头柜上，放着几颗糖，和白宇菲口袋里的糖一模一样。

2

次日早上七点，罗珊就出发了，八点赶到医院，开始接见她的患者。她带着职业微笑机械地工作到中午十二点，上午的咨询才全部结束。下午两点安排了去林女士家做家访。罗珊紧张地吃完午餐，休息了一小时后，准时来到林女士家。

林女士递给她一杯白咖啡。"罗医生，我儿子情况怎么样？"

罗珊端起杯子，轻轻吹了口气，说："情绪、行为都挺正常。老实说，我不懂您为什么非要我再来一次。"

"当妈的都这样，可不敢疏忽哪。"

罗珊似是而非地点点头，呷了一口咖啡，"对了，小菲在哪所小学？"

"英才小学。"

罗浩辰也在那所学校，不过罗珊已经记不清他在哪间教室了。她放下杯子，请林女士带她去见白宇菲。林女士指了指上次的房间，告诉她直接进去就好。

　　罗珊推开门，看到白宇菲坐在藤椅上，口中念念有词，像在和某人聊天，但他面前只有一个鱼缸。

　　"小菲，看，这是什么。"罗珊从包里拎出一张音乐专辑，在空中摇晃着。白宇菲一眼便认出那是他最喜爱的歌手出的新专辑，咧着嘴小跑到罗珊身边。"送给你！""谢谢罗阿姨。"男孩接过专辑，小心地抚摸专辑封面，眼里满是欢喜。

　　两个人走到一张玻璃圆桌旁，相对而坐。"刚才在想什么呢？"男孩轻轻地放下专辑，手肘贴在圆桌上，十指交叉着，说："几天前，下了好大的雨。我从学校跑回了家，浑身都湿透了。"罗珊皱了皱眉，"听着有点可怜，只是，小菲，你家离英才小学可有三公里呢。你确定是自己跑回家的吗？"白宇菲撇了下嘴，又捏了捏手指，继续说："实验课老师让我点酒精灯。我害怕，手一直抖，第一根火柴被我划断了，第二根火柴点着了，但我一激动，火柴就掉在了地上，摔灭了。同学们都笑我。"

　　罗珊张张嘴，一时语塞，她记得浩辰第一次点酒精灯时也是畏首畏尾的，划断好几根火柴。"小菲，那是你第一次点酒精灯吗？"

　　小菲摇摇头，说："还有一回，我在校门口发呆，被同学撞倒，脚都磕肿了，但我没跟任何人讲。"

　　罗珊表情变得严肃，说："以后遇到这种事要第一时间告诉大人，知道吗？"

　　从进来到现在已经半小时，白宇菲滔滔不绝地说着他在学校里的各种遭遇。罗珊本想打断他，话到嘴边，又不忍说出口，索性听他讲了下去。男孩绘声绘色地描述着他的故事，比如上课时同学在后面扯他头发，把他的作业本故意藏在讲台上，体育课时合伙把他推到沙坑里……罗珊听着听着，隐隐庆幸自己的儿子没有被人这样戏谑和欺负过。

"罗阿姨，之前有个男孩，走丢过，现在和我同一个班级。"

"那他是怎么丢的呢？"

"雾很大，他为了追一颗玻璃球，跟家人走散了。"

"小菲，这些事你有跟别人讲过吗？"

"嗯，我只告诉了一个女孩。"

罗珊眨了眨眼，问："哦，能告诉我她是谁吗？"

小菲使劲摇头道："还不能说。"

"好，不说名字，告诉我她有什么特点就行。"罗珊紧紧地盯着他的眼睛。

"好吧，她眼睛很大。声音……嗯，细细的，和你一样。还喜欢玩一把超酷的水枪，对，就是这样。"

白宇菲一面讲前面的话一面想后面的词。罗珊凝视着他，开始理解林女士的担忧。

"罗阿姨，你认识她的。"

"我认识？"

"在那里！"白宇菲提高声音，右手指着她的背后说。

虽然觉得他在恶作剧，罗珊还是配合地吸了口气，缓缓转过头。身后只有一堵贴满海报的墙。她迅速回过头，意味深长地望着白宇菲。"你指的不会是海报上的人吧？"

白宇菲郑重地说："不，当然不是。"

"好了，看着我的眼睛。"白宇菲听话地望向她。

"小菲在学校里遇到了不开心的事，父母又很忙，没空陪小菲，所以才虚构出一个女孩。对吗？"

"不是这样！"白宇菲大喊着，从藤椅上跳起来，右手拍拍胸口说："相信我！"

"小菲，冷静下。"罗珊也站起来。

突然，男孩用一种怪异的眼神看着罗珊，语气激动地说："罗阿姨，昨天下午四点前，你到家了吗？"

"抱歉。"罗珊快速眨了下眼。

"那今天，您可以早点回去吗？"

"好吧，时间也差不多了，我该走了。记得听我送你的专辑哦！"

罗珊走出房间，守候在客厅的林女士迎过来。

"罗医生，怎么样？"

"林女士放心，一切正常。我晚上给您电话，可以吗？"

"当然可以，您慢走。"

罗珊临出门时，忍不住问了一句："小菲说有个大眼睛、玩水枪的女孩，您认识吗？"

"啊？一个女孩……罗医生，有件事不知道您听说了没有？"

看到林女士眼神闪烁，罗珊意识到这次家访的重点来了。

"最近一个月，市里已经有两个小孩失踪了，据他们的家长反映，孩子在失踪前的几天夜里，都曾说过在跟一个大眼睛的女孩玩水枪，但自始至终家长们都没有见到那个女孩！"

"什么？这么邪门，是真的吗？"

"哪敢骗您。"

"你是担心？"

"我儿子不会是下一个……"

"不会，别吓自己。应该是巧合。"

跟林女士道别后，罗珊回办公室拿病例，碰到助手在办公桌上摆了一盆新买的绿萝，许多鲜绿的小嫩芽从枝丫的关节上冒出来，毛茸茸的。罗珊忆起第一次见助手时的情景：那天晚上，罗珊正准备离开医院，撞到助手一个人蹲在医院楼道里哭泣。原来，她父亲得了重病，家人没有第一时间告诉她，怕她过分担忧。助手生性敏感，让别人难过几分钟的事，她可能会难过一小时，甚至一整天。罗珊问过助手，让别人高兴几分钟的事，她会高兴一小时或者更久吗？答案是否定的。助手说她感受到的快乐比一般人要少很多。快乐是稍纵即逝的，伤心却是经久不息的。助手研究心理学，也是为了管控好自己的情绪。助手还说她很幸运，一家人始终相处得和睦融洽。

在罗珊回家的必经之路上，有一个"今生缘"花艺店。今天是她第一次走进这家店。花架上最抢眼的是一排红玫瑰，分外鲜艳。几年前，罗珊就不怎么喜欢玫瑰了，她感觉浪漫早已离她远去。在不起眼的一隅，罗珊瞥见两盆黄色的金银花，她弯腰凑近，细嗅清香，竟有种刚刚刑满释放的感觉。

3

罗珊走到家门口，差一分钟不到四点。她对时间的把控一向精准。她把刚买的金银花摆在客厅最中央的桌子上，看上去赏心悦目。罗浩辰正在书房里写作业，她静静地坐在旁边，留意他的神态和肢体动作，没有发现异常。晚上她亲自做了一顿拿手的饭菜。儿子胃口大开，吃得很开心。晚饭后，两个人在客厅看电视，她脑子里一直回荡着白宇菲的话。"您可以早点回去吗？""您认识她。"这些话是什么意思？他明显没有臆想症，思维很清晰。林女士说的事是真的还是巧合？她是在暗示我什么呢。罗浩辰注意到罗珊的心不在焉，也没心思再看电视，早早地洗漱完毕，进了房间。疲惫的罗珊来到卫生间，慢慢脱光衣服，打开喷头，任由温暖的热水从头顶扑下来。罗珊闭上眼睛，享受着这一刻难得的舒适。突然，一些细微的声音闯进她的耳膜，直抵大脑。多年职业养成的敏感，迫使她迅速睁开眼睛。关上喷头，哗哗的水声骤然安静。她仔细聆听，分辨出是儿子说话的声音，然后披着浴巾走了出来。

罗浩辰正站在客厅和卧室的过道之间，似乎在跟人对话，但他面前只有一堵墙。

"是的，水枪很好玩。"

"我妈妈啊，她在洗澡。我们偷偷地玩……"

她快步走到儿子的面前，焦急地问："浩辰，你在干什么？"

罗浩辰"啊"地惊叫了一声，然后转过头，"妈妈……"

"你在跟谁说话？"她瞪着眼睛问。

"跟一个、一个女孩。"罗浩辰半低着头，支支吾吾地说。

"哪有女孩？怎么回事？"

"我在睡觉，迷迷糊糊中听到有人喊我。来到这儿，我看到一个女孩，她拿着一把彩色的水枪，我想和她一起玩儿。"

一股凉气从罗珊的脚心蹿到头顶，她感到皮肤收缩，汗毛直立，"怎么会呢？根本没人呀！"

"刚才还在，你拍了我一下，我一回头，就不知道她哪儿去了。"罗浩辰说完用手捂住额头，有些委屈，又有些局促不安。

罗珊的声音突然变高："谁教你这么说的，是你爸吗？"

"不，不是他。"罗浩辰摇摇头。

"是白宇菲？还是他妈妈？"罗珊抓住儿子的肩膀，头发上的水珠滴在他身上。

"不，我不认识他。"罗浩辰有些哆嗦地说。

她竭力遏制住自己的情绪，压低声音："现在，你先去我的房里睡觉。快去，什么也不要想！"

罗浩辰耷拉着脑袋乖乖回到罗珊房间，轻轻关上门。

罗珊坐在客厅沙发上，深吸了几口气。然后拨通了林女士的电话。

"林女士，您好，能把儿童失踪的案子再说一遍吗？"

"好的。市里有两起儿童失踪案件，据家长反映，孩子在丢失前的夜晚都曾说过他们在和一个大眼睛女孩玩水枪。现在案子还在调查。"

"谢谢。可以让小菲接电话吗？"

"他已经睡着了，您有什么事吗？"

"没什么事。如果您发现小菲有任何异常，记得立即打电话给我。"

"好的。罗医生，您也多关心关心自己的儿子。"

"谢谢，再见。"

挂断电话，罗珊更加疑惑。林女士怎么会知道她有小孩，而且是男孩。现在刚九点钟，白宇菲真的睡着了吗？

"妈妈，我想听故事。"

听到儿子说话，罗珊才意识到自己不知不觉地走到自己卧室了。

"好，上次我们讲到哪儿了？"罗珊拍了下后脑勺。上次给儿子讲故事，还是一年前，她记不清讲到哪个细节了。

"两个人结婚了。"罗浩辰捏着被角轻声说。

儿子的回答让她有些难过。"好。两个人结婚后，劲儿往一处使，像一起吹一个大气球。买了房子，有了孩子，每天忙忙碌碌的。日子久了，气球突然变小了，使劲吹，却怎么也吹不起来，你猜，这是为什么？"

"是气球破了吗？"罗浩辰打着哈欠说。

"对。女孩拼命往婚姻的气球里吹气，男孩却在偷偷放气。女孩以为自己使的劲儿不够，她就使劲儿吹呀，使劲儿吹呀，可是吹气的速度，怎么会赶上放气的速度呢……"

罗浩辰听着故事慢慢地合上了眼睛。看着睡熟的儿子，罗珊想起三年前，儿子总爱发小脾气，喜欢缠着自己各种闹腾，没想到现在他变得如此乖巧，在学校里成绩名列前茅，生活上也从未让自己操心。刚才，罗珊撒了谎，她并没有拼命往气球里吹气，不是刻意隐瞒，而是她害怕自己承受不了和丈夫离异的真相。

罗珊躺在床上，回想过往。中学时，她在图书馆偶然看到一本心理学的书，里面介绍了新生儿要经历的口欲期、肛欲期，三岁前孩子和母亲的依恋竞争，和父亲的俄狄浦斯情结。她觉得心理学很有趣，充满了探索、爱和创造的魔力。那些看不到的，摸不着的，抽象的，形而上的，有些莫名其妙，却又实实在有用的知识，像一个大旋涡，把她吸了进去。高考后，她不顾家人反对报考了自己心心念念的心理学专业。研究生刚毕业，她和男朋友登记结婚了，同年，过关斩将成为一名心理咨询师助理，幸运地进入了当地最有名的医院。同事们都说院长很严苛，但罗珊不觉得，因为院长对自己的要求更为苛刻。罗珊生下儿子刚三个月，便一心投入工作，从研究基础心理学，到发展心理学，再到高级心理学，像爬一个永远爬不完的楼梯。可贵的是，她有着愚公移山的精神和夸父逐日的勇气。只是，每天跟别人的情绪打交道，她和丈夫的交流越来越少，除了孩子，他们没有别的共同话题，后来和儿子也不聊了，甚至连吵架的机会都没有。罗珊意识到问题的严重性时，丈夫已经心灰意冷，在一年半前提出离婚。她一赌气，同意了。刚离婚时，罗珊一直不敢直视儿子。父子俩的眼睛尤其相像。罗珊看到儿子的脸，就好像丈夫从他身上溢出来，跟她在对视。儿子表现得很懂事，从不主动烦她闹她，一日三餐都在学校解决。好在罗珊家离学校只有几百米，儿子自己上下学还算方便。罗珊本以为一年多过去，愤怒、痛苦、自怨自艾都该淡下去了。此刻回想起来，她的心还是很疼。

罗珊时常会想起丈夫。有几次她在对话框里输入了文字，再三犹豫后，又一字一字地删除了。削苹果时，她在心里打赌，如果苹果皮没断，就主动找他复合。苹果皮没有断，但她还是没有迈出那一步。晚上爬楼梯时，她常常失魂落魄地去数台阶，每层台阶都被她数了几百遍，就是忍不住去数。她一度怀疑丈夫曾偷偷来过家里，至少他来看过儿子。晚上她经常会莫名其妙地失眠和发呆，不知道怎样睡着的，也不知道怎样醒来。十年里，她一直在跟患者博弈，跟自己博弈，终于熬成了一名高级心理咨询师，却没有尽到母亲的职责，也磨掉了丈夫的爱。

凌晨五点左右，罗珊头部和手臂突然开始颤抖。梦中，她看到一个小女孩朝罗浩辰走近，再走近，但她看不清女孩的脸。女孩举着水枪，吸引了罗浩辰的注意，然后他们俩笑着，手拉着手朝前越走越远，周围的景象也如撕纸一般，大块大块地撕裂，最后消失得无影无踪。“回来！回来！”她高声呼喊，但无人回应。她猛地惊醒，睁开眼，习惯性地看了下墙上的时钟。只睡了四个小时。摸摸头，有冷汗。低头看看身旁的儿子，一动不动。还好没吵醒他，她松了一口气，轻轻躺下，重新闭上眼睛。不一会儿，身旁的罗浩辰慢慢地睁开眼睛，久久地凝视着她。

4

一周后的上午，城市遭遇了雾霾，灰色的尘雾蔓延，像天地间褴褛的纱布。街上人很少，树上的鸟儿也不见了踪影。望着天空，罗珊感慨，人的情绪比老天爷的脾气还要让人捉摸不定呢。就像心理咨询时，有的人刚开始还是笑的，说不上几句话，就开始崩溃大哭，直哭到眼睛红肿、声音嘶哑。而有的人一开始和她对视，是那种冷漠的、刀子般防备的目光，出门时却春风满面。当然，更多的人喜欢倾诉，讲各种各样的故事。她发现这些人得了心理疾病，多数情况并不是源于他们的恶，而恰恰是因为他们的某个美德。许多东西没把握住度，就会捆绑和抑制自己。

九点后，雾霾逐渐散去。罗珊收拾干净，来到林女士家门前。林女士打开门，有些吃惊，她只约了两次家访。"这次我是以妈妈的身份来的，请给我十五分钟，拜托。"

林女士带着罗珊走进那个咖啡厅一样的卧室。看到罗珊，白宇菲立马从藤椅上站起来。林女士朝白宇菲使了个眼色，关门出去了。

"小菲，都被你说中了，你赢了。"

"罗阿姨，你说我赢了？"

"是。我梦见了那个女孩。而且我儿子，也着了魔一样，愣说见过那个女孩。"

"真的吗？"白宇菲先是惊讶得瞪大眼睛，很快又平静地说："哇，女孩跑进您的梦里了呀。"

罗珊轻轻地把手搭在白宇菲的肩膀上，说："小菲，家访前，你认识我吗？"

"罗阿姨，一个雾天。有个小男孩哭喊着找妈妈。还记得吗？是您把他送到派出所的。我就是那个小孩子。"

罗珊回想起来，两年前的一个上午，她和浩辰确实把一位迷路的男孩送到了派出所。

"嗯，你是说，那个丢掉的男孩是你？"

"是的，谢谢你们帮了我。"

"所以林女士找我来家访是因为我帮过你？"

"我和浩辰在同一个班。浩辰改姓罗后，班上老有同学说他是单亲家庭，他变得不会笑了，总是一个人待在角落。罗阿姨，您给他点阳光，好不好？"

罗珊听到这句话，深受触动。她想起作家罗松的一句话：给儿子最好的教育是阳光教育。白宇菲小小年纪，居然讲出类似的道理，当真给她上了一课。一直以来，她心里只装着自己的世界。儿子需要帮助时，她总是缺席。没想到儿子在学校里受到的伤害，竟与她有关。罗珊恍神时，白宇菲从书包里拿出一页日记，上面的字已被涂抹得走了样，像是泪水打湿的痕迹。罗珊快速扫了一遍，写的是："妈妈，我想缠着你，又怕打扰你，我忍不住想见你，却够不到你……"

"浩辰写的？"

白宇菲点点头。虽然给自己做过心理建设，但触碰到内心柔弱的地方时，罗珊的心还是狠狠地颤了一下，有种酸涩的疼痛。

"对了，小菲，你们说的那个女孩是？"

"就是年轻时的你啊。"

罗珊有些诧异，但很快她恍然大悟。第一次家访时，白宇菲侧着头看海报上的歌星，不只是因为她的穿着，还因为她的脸酷似海报上的歌星，白宇菲是在确认面前的女人就是浩辰的妈妈。那颗过期的糖是去年罗珊生日时浩辰送给她的，一直没吃。还有第二次家访时，白宇菲所讲的事件其实全是浩辰在学校里的遭遇。林女士故意讲小孩失踪的事，也是为了引起她的注意。

"罗阿姨比照片更漂亮！"白宇菲笑着露出可爱的小白牙。

罗珊本来眼角有些湿润，一下子被他逗乐了。

"罗阿姨，看那儿。"白宇菲指着海报墙上的一张照片。

罗珊转过去，从上到下查看了一遍。在一张海报不显眼的右下角，贴着她十岁时的一张五寸照片。照片里罗珊站在草地上，双手持着一把彩色水枪，嘴角上扬，眯着眼，脸上溢满开心的笑，头顶的白云好像也跟着笑了起来。

此刻，罗珊突然明白那天她梦到的人其实是她自己。她扭头看着白宇菲，目光炯炯，像旭日，勃勃生机。她终于释然了，走出门，对林女士说，她会永远记得这次意义非凡的家访，并把林女士支付的费用全额退还。

回去的路上，女助手打来电话，说有位律师想预约今晚的心理咨询。罗珊婉拒了。地铁上，她注意到对面座位上坐着一位年轻的妈妈，正笑容甜美地望着怀里的女儿。小女孩约周岁模样，闭着眼睛睡着了，头上扣着一顶豹纹小花帽儿，帽尾垂着一绺洋娃娃独有的金黄假发，身上穿一件袖珍的黄衫绒上衣，衣领处缝着几朵恰到好处的小碎花。罗珊仿佛看到浩辰这么大时的样子，虽然她也忙工作，但一回到家，不管有什么不顺心的事儿，只要看到儿子天真无邪的笑脸，她就立马能从心灵的泥潭中跳出来。想得入神时，罗珊手机振动了一下，她赶忙从口袋里掏出来。只是一条服务信息，但刚才真有那么两秒钟，她在狂烈地期待是前夫发来的消息。紧握着手机，罗珊暗自起誓要重新学习做一位慈爱的母亲和一名贤淑的妻子。待会儿下了地铁，给浩辰买点什么呢？他还喜欢抹茶口味的冰激凌吗？还有，一定要买一把水枪送给他。过几天就是浩辰生日了，想到这儿，罗珊犹豫着拨通了那个熟悉的电话号码。对方开口的刹那，她心底有一股暖流，禁不住涌了上来。

火星之旅

我沉睡了八十年。

一醒过来,我就急忙上网查询了这八十年来地球上翻天覆地的变化。二十二世纪末,世界俨然已成为一个地球村,没有语言障碍,没有现金交易。高度科技化、智能化的产品随处可见。新型服装里加入了特殊材料,能随天气变化调节面料温度。房间地板上装有智能身体检测仪,可以根据脚步监督我们的身体状况。当然,这些变化都符合科学规律,还没有不可思议到用思维就可以控制物体移动的地步。

我最关心的还是物价水平,查询结果令我大跌眼镜。一个普通苹果竟要五十元。好在,我银行卡里还有两百万存款,生活不至于太拮据。

后来的几个月,我不轻易出门,也一直没交到新朋友。我走在街上,感觉和周围格格不入,心里头一万个不爽。

　　我工作生活都在单身公寓，需要跟人合作时，就远程协作。

　　一天，我偶然刷到一个科技视频，激发了我去火星旅行的欲望。视频中科学家浩气凛然地称人类对太空的探索是未来经济发展和繁荣的催化剂。火星之旅能够为后代太空探索提供知识、经验和动力。递交火星旅游申请书时，我以为不会太顺利。因为火星和地球距离最近时大约为五千五百万公里，距离最远时超过了四亿公里。每当火星距离地球最近时，人们才会去火星研究和旅行。这样的机会，大约每十五年出现一次。全球每次申请去火星的人数有几万人，能通过的名额却只有三十个。

　　递交申请一周后，老朋友邹达发来消息，告知我申请已被批准，将于一个月后乘坐火星十号载人飞船正式启程，在火星上待二十四天，算上往返，恰好三十天。后来我才知道，我能被选中去火星，完全是托了邹达的福。

　　邹达曾在低温室里沉睡了六十年，我在冷冻前和他是莫逆之交。现在他已担任火星探索项目工程的副总。

　　邹达喜爱诗歌。他说，从高处看，地球就像个被眼泪包裹的蓝孩子，火星就像个被火焰包裹的红孩子。我曾在航天飞机上看过地球，确实像他说的那样。至于火星，我知之甚少。邹达发给我一些与火星相关的文件，我才知道火星是橘红色的，上面沙漠纵横，砾石遍布。火星没有稳定的液态水，大气以二氧化碳为主，既稀薄又寒冷。近年来，人类在火星地表上建立了很多根据地，旨在进一步探秘火星。

　　这次前往火星的人里有四个是中国人，两个人坐在太空舱的后面，另外一个在我座位右边，是一位鹅蛋脸大眼睛戴齐刘海假发的中国女孩，名叫靳华。

为了克服太空船起飞时的加速度和飞行阶段的失重状态，火星之旅的旅客必须服用沉睡丸，帮助我们进入深度睡眠状态。航行路线由量子计算机全程控制。三天后，飞船抵达火星上空，我们通过一个较小的着陆器降落到火星表面。太空舱自动打开，我戴好呼吸罩，穿着太空服跟着大部队踏上火星。安全起见，这次旅行不允许单人行动，但可以自行选择旅伴。

"您好！我叫靳华，能与您同行吗？"

"您好！我是韩乐知。很荣幸与您同行。"

在二十二世纪，人们在物质上不愁吃穿，工作也不累，就是容易孤独。身边的人看着年龄相仿，但选择低温睡眠的时间不同，导致我们的记忆并不在同一年份，且多数人类沉迷于虚拟世界，现实与人交往少之又少。有个女孩主动与我结伴同行，我求之不得。

靳华说她是一位地理学家，对火星颇有研究。从她口中我得知，火星直径约为地球直径的一半，与地球自转轴倾角、自转周期相近，公转周期是地球的两倍，所以一个火星年约六百八十七天，每个季节大概是地球的两倍。二十二世纪之前，火星的大气压力只有地球的百分之一左右。为了把火星改造成"小地球"，科学家们提出无数设想以使火星的大气层变得更稠密。其中一种方案是在环火星轨道中建造一面直径达数英里的反光镜，通过反光镜将阳光集中反射到火星两极的干冰上，释放出二氧化碳，真是非常大胆有趣的想法。

来到火星的第一天，我很不适应。这里的重力只有地球上的五分之二，脑袋一直昏昏沉沉的。火星专车又开得很快，安全带勒得我难受。虽奔波疲惫，但精神是亢奋的。今天我们去的地方是奥林帕斯山，这是太阳系最高的山，有珠穆朗玛峰三倍高。我们大约五个小时后到了目的地。我欣喜地看到山脚分布着五颜六色、形状各异的陨石坑，远远望去，像一块块被打翻的颜料板。山脚附近搭建了一个休息室，里面娱乐设施齐全。这里还有一个真空电梯的入口，可以上升到两百米高的山上。靳华似乎不需要休息，刚下车就跑去乘坐电梯。我想坐电梯应该不累，也跟着一起上去了。没想到电梯像离弦的箭腾空而起，我像个气球在电梯里摇晃，耳膜一阵不适，一度以为自己要去天堂参观了。回到休息室，我吃了特制营养餐，准备去舱内休息时，留意到靳华还在精力充沛地整理行李。

　　第二天，我们前往太阳系最大的峡谷——水手号峡谷，名字很有冒险味道。去峡谷的路上，我们经过了火星南边的极冠，上面覆盖着厚厚的干冰。靳华说这里全是前辈们开发的功劳。他们没有用反光镜，而是把装满氢气的火箭放在卫星一号上，使其偏离轨道撞击火星北极的干冰，带来一场大雨。其实早在二〇一八年，法新社就有消息称人类在火星上发现了第一个液态水湖。经过一直以来的努力，火星地表的水资源已达三亿立方米。蒸发的水蒸气进入大气，也提高了火星表面的温度。地面上安装的太阳能接收板，每天转换的电能足够旅行者使用。望着面前的飞沙走石、惊涛拍岸，我内心涌起一朵朵小浪花，在体内翻滚，流淌全身。我俯下身，轻轻抚摸峡谷里的岩石，扭头看向靳华，她正抓着长长的石棍快速搅动着身边的溪水，脸上挂着纯洁无瑕的笑，像深谷里迎风招展的白茶花，令人心醉。

古诗中有很多描写花的佳句，比如"蔷薇花落秋风起，荆棘满庭君自知"，比如"去年今日此门中，人面桃花相映红"，又比如"泪眼问花花不语，乱红飞过秋千去"。回忆起这些诗，我就想起了自己的初恋——霍奇奇。和靳华成熟稳重、不苟言笑的性子不同，霍奇奇眉梢眼角虽然透露着一股英气，但声音笑貌却甜美温柔。到现在，我依然孤身。我想念霍奇奇，多数情况不是在孤独难过的时候，而是像现在，欢欣鼓舞时会想起她。

坐车回去时，我注意到靳华身上有一个很神秘的米黄色竖款腰包，她一直随身携带，但我从来没见她打开过。我问，里面藏着何方宝物，她语气平淡地回答，续命神波。我问我能看吗？她说时机未到。

第三天一大早，靳华驾着专车带我去参观了火星一号全能工厂。戴上安全头盔后，我们通过微型对讲机交谈。工厂的工业用水来自瓦利斯·玛瑞纳瑞斯，它是火星最大的河流。这个工厂高度自动化，由机器人制作太空舱、专车、电子产品以及日常生活所需要的一切。我们在全能工厂逛了一天，没有前两天那么累。晚上回去后，我心血来潮写起游记，写着写着就想起爸妈、霍奇奇，还有邹达。说来也怪，邹达说他结交了女朋友，我醒来快半年了竟没给我引见，等旅行结束了我得亲自拜访一下。

第四天，我们带着超级望远镜出门，希望碰到火星上难得一见的奇观。路上，我们遇到了很多矿场，都是由计算机操控采矿，常见的金属用于火星建设，稀有金属则陆续运往地球。靳华说这是她来火星的使命所在。

　　而我来火星，是想远离尘世，挑战生存，追求一种在仰望星空时就产生的神秘和崇高的感觉。很幸运，我遇见了日落。火星上看到的太阳比地球上看到的更绚烂，太阳中间是一个非常亮的白球，由里到外大致有四层，分别是浅蓝、灰蓝、深蓝、靛青，每一层颜色都呈现为光带，如梦似幻。

　　我仰起头，转着圈望着身前身后的辽阔天空，忍不住即兴作诗一首，语音识别器自动把话语转化成文字：

　　　　时光将我裹在一张树皮里

　　　　以蓬勃的姿态窥探着星球的隐秘

　　　　一望无垠的空中

　　　　闪烁着大小不一、形态各异的群星

　　　　悠然自得的尘埃，融入黑暗

　　　　毫无征兆地消失了自我

　　　　几只鲲在头顶遨游

　　　　绝云气，负青天

　　　　壮丽和荒凉，同时在此蔓延

　　　　也许人类可以给火星带来温度

　　　　带来秩序和文明

　　　　但我不愿其变成另一个人间

　　第五天，我们搭火星专车前往建筑群。这些人造建筑与地形合为一体，有浑然天成的美感，有的建筑像巨大的银蘑菇，或像一只蜻蜓横着翅膀。墙壁上，到处是造型奇特又栩栩如生的水晶浮雕，集百家所长，有奥古斯特·罗丹雕塑的神，米开朗基罗艺术的魂，达·芬奇创作的灵……

当我陶醉其中，靳华缓声说道，科学家们正在设计把小行星拖向火星，利用小行星上的氢与火星大气层中的二氧化碳进行反应，制备成大量的氧和甲烷，以吸引更多的人来火星参观，甚至定居。听到这里，我庆幸自己在火星没有被人类完全开发前，尽情在这里领略了一番。

第六天，宏伟的火山把我震慑住了。巨大的火山口一望无际，靳华用胳膊上佩戴的距离探测仪很快测出它的直径约三十八千米，赤红色的火山口宛如地狱之眼，古老熔岩的流痕似皱纹般清晰可见。可以想象，岩浆喷发时这里会有多么灼热。科技飞速发展，但在浩大的宇宙面前，人类依然渺小得像尘埃。

我瞪大眼睛观望时，靳华注意到我额头上渗出汗珠，建议我先回车内开空调休息。我看了下靳华的脸，光洁如初。我好奇地问她是否用了什么高级化妆品，她眼珠一转说，保密。

第七天到第十五天，我们只干了一件事，就是待在太空舱内研究一株植物。外面发生了沙尘暴。铺天盖地，一片狼藉。沙尘暴以每秒三十米的速度在火星上横冲直撞，卷起的尘埃高达几十米，甚至几百米，遮天蔽日，让人恐惧。舱身完全封闭，听不到可怕的风声，但沙粒击打玻璃窗的声音极为骇人。我们盯着一株植物，从蓓蕾初绽到娇艳满枝。在植物长大的过程中，我们畅谈了很多，从儿时到中年，从遥远的地球到脚下的火星。谈到初恋，我低头不语，像一棵形影相吊的树，茕茕孑立于荒凉的旷野之中。

靳华说她大脑的容量，还不足以装下宇宙的奥妙，尤其是错综复杂的情感，她还梳理不清。我说人性如此，不必介怀。人们用科技无限打破自己创造的边界，但无边无际的宇宙，不会单独给任何人一个特权，所有的人都需要遵循法则和秩序。

我们存在的意义不就是竭尽全力解决面前一个又一个科学难题吗？就好像在这场沙尘暴面前，我们建造了僵硬的躯壳来保护自己。

靳华点点头，若有所思。

有天晚上，趁靳华在舱内休息时，我心里抑制不住地想去看看她那个神秘腰包里究竟藏有什么秘密。但上面设置了密码，我只好打消这个念头。

沙尘暴咆哮了一周后，脾气小了许多，不知道躲哪里去了。

第十六天，我和靳华像大病初愈一样冲出舱外，驾车去采集那些长有苔藓的岩石样本，把它们装进各种型号的试管中。火星上的岩石主要有三种颜色。东侧向风，强风将岩石表面一层剥蚀后露出的颜色是淡蓝色；西侧背风，岩石表面覆盖有一层红色的土壤，所以是土红色；而一些半埋在土中的岩石是乳白色的，其主要成分是碳酸钙。智能拍录仪将我们采集的标本信息上传后，我们又去参观了火星探测器、好奇号、勇气号、维京三兄弟等。这些探测器都是各个国家探索火星时遗留下来的，相距较远。旅程结束后，疲惫不堪的我倒头就睡了。

一觉醒来，我们乘着小型飞机在空中浏览火星最原始的地貌。当我看到一块硕大的像金枪鱼一样形状的红黄色岩石时，我突发奇想要给它取个名字。结合我们两个人的名字——韩乐知、靳华，我给它取名为知华岩。靳华笑着说，这真是烂漫的告白啊。

我也笑着，鲜红色的岩石上有漫漫流动的黄沙，狂风把岩石雕刻出稀奇古怪的形状来，有的像城堡，有的像猛兽，有的像丘比特的箭射中了两颗紧密依偎的心。靳华说她像重生了一样。我点点头，人本来就是自然界的宠儿啊。

第十八天，我们去寻找"海瑟薇的眼泪"。来火星前我对此就有耳闻。几十年前，在火星西部一带，人们从探测器拍摄的照片上辨认出一位二十一世纪美国当红女明星——海瑟薇的脸。眼睛是淡蓝色的湖泊，金色的长卷发是细沙在流动，挺秀的鼻梁是山峰，艳红的双唇则是两块细长的弧形岩石。她的眉心垂着一颗珍贵异常的月形钻，那无比耀眼的光芒引发了很多人来火星一睹海瑟薇芳容的兴趣。只不过，她淡然的眼眸下，左右各有五六面透明的湖，恍如一串泪珠掉落。火星探测器推算出"海瑟薇"从"头顶"到"下颚"长两百三十五米，宽一百七十四米，高十二米。最大的一滴泪直径约四米。她的表情欲说还休，像在邀请人类靠近，又像在警告人类不要靠近，或另有深意。

"真的有这个地方吗？"

"至今没有人看到过，也许只是照片拍摄的一个角度。"

实地考察证实这张脸不过是由山脉和峡谷的阴影组成的图案。正如美国航天局当年驳斥的那样，仅仅是光与影，就使视觉被欺骗了。神秘面纱一旦被揭开，就索然无味。

在火星西部晃了一天，没有看到神秘的眼泪，却在途中遇到了另外一处绝佳风景——遗址花园。靳华指着一种半红半黑的花，告诉我，这种花叫"恋人花"，花型较小，更显其小巧别致，花瓣上闪烁着黑金丝绒般的光泽。后来的两天，我们都待在那里看各种新奇的花，并一一为其赋予名字：碧月梳、百花髻等。能在距离地球几千万公里外的星球看到人工种植的花园，足以让人心潮澎湃，何况那里还有我从未见过的火星品种。

第二十一天，我们来到南半球。南半球比较古老，环形山很多，一些是陨石撞击形成的，一些是火山爆发造就的。风化侵蚀后，环形山的边缘不是很锐利。在火星上，直径超过一百千米的环形山有一百九十多座。背对着环形山，我和靳华用超级全息摄像机拍下了一张合影。凹造型时，我显得有些费力，靳华却轻而易举地完成了倒立弹跳、头转、大回环等高难度动作。当时我并没有多想靳华与我的迥异之处，全部的心力都花在寻找我俩的共同爱好上。睡觉时，我在想，回到地球后，我们会各奔东西，不复相见吗？此刻的妙遇会成为彼此一生美妙的回忆吗？没有得到答案，或许这就是最好的答案吧。

第二十二天，在购买物资的路上，我们遇到了几个德国和意大利人，我用即时翻译器和他们进行沟通，靳华则可以说一口流利又地道的德语和意大利语。下午我们在火星地表共同举办了一场歌舞派对。意大利人和德国人载歌载舞。此刻，我再次想起初恋。我们相识在大学的一次舞会上，那是我人生中最干枯的岁月。在那之前，我喜欢过两个女孩子，可悲的是，还没有来得及表达我内心中最真实的感情时，那两个女孩已经把我否定了。只有霍奇奇，她见到我时，总是笑着，把我的喜怒哀乐放在心上。我们怀着简单热烈的情愫，陷入了情感的旋涡。三年里，我们贪婪地占用彼此的时间。看到她，就像看到流星火雨。毕业后，我们去了不同的城市。几年后再见，却找不到当初的感觉了。

众人卖力地抖动着肩膀，双脚有序地踢踏着，欢呼声在头顶来回盘旋。望着靳华，舞姿曼妙，表情从容，光洁白皙的脸庞上透着棱角分明的美，乌黑深邃的眼眸里泛着迷人的光。歌舞在一声悠扬的曲调中酣畅淋漓地结束了。歇息片刻后，我们开车前往最近的环形山，等待日落再一次来临。不出意外地，我们再一次被壮观的日落和浩渺的天空折服。此刻，初恋时那种微妙的感觉好像又回来了。我偷瞄了靳华一眼，她仰着头，格外专注。我敢肯定她爱上了这里。晚上，我们在车里酣然入睡，嘴角带着笑意。

第二十三天，专车的动力系统有流沙侵入，出了故障，救援者四个小时后才能到。我们索性坐在舱内絮絮交谈，不知不觉间看到形状像马铃薯一样的火卫一升了起来。火星其实有两颗卫星，只是我们无法同时看到它们。不过我们利用VR（虚拟现实）技术看到了火卫二，它和火卫一本来都从属于火星，因为一颗小行星的撞击使它脱离了火星。被救援后，我们火速前往最后一站，拉尼混沌。在地球上，根本找不到拉尼混沌这样的地貌。它像一座连绵的迷宫，悬崖和柱状丘陵随处可见。我们带着导航仪走了八个小时。我走得腰酸背痛时，靳华还是活蹦乱跳的，一点疲倦的感觉都没有。回去的路上，我们经过了奥林帕斯山，也就是我们第一天去的地方。赤红色的火山口好像一张大嘴，吞噬着周围渺小的一切。我感到自己精疲力竭，魂儿被火山口吸走了一样，到休息室后很快又睡熟了。几个小时后，我惊醒过来，许是马上要回地球了而有些兴奋的缘故。来回走动时，我瞥见靳华那个神秘的腰包没有上锁，心里有些慌张，又有些得意。说不定她就是故意给我看的呢。我直溜溜地盯着腰包，轻手轻脚地靠近，手哆嗦着伸了进去，里面有一块充电电池，还有一张合照。背景是无敌海景风格的，在银白色的敞篷车前，一位女士穿着水洗色牛仔裙搭配乳白色的迷你吊带衫，露着纤细蜂腰，背倚在男士身上，脸上流淌着幸福。男士随性地靠着车，上半身是一件渐变蓝短袖，左腿向前微曲，左手插进印有椰林海鸥风景的沙滩裤口袋里，右手挽着那位女士的左手。虽然戴着太阳镜，但我还是察觉到他眼睛里藏着甜蜜的笑意。我仔细分辨着，惊觉这两个人我都认识，女士是霍奇奇，另一个打死我都不敢信，居然是他——邹达。

我怀着抑郁辗转反侧，不清楚自己在愤懑什么，只感觉他们刻意隐瞒根本就是在戏弄自己，且靳华和他们之间的关系也蒙着一层薄纱，让我看不清。照片上的两个人好像就在我的旁边卿卿我我，耳鬓厮磨，闹得我心慌。历历往事涨潮般涌上心头，不知道过了多久我才入睡。

早上，我迷迷糊糊中听到靳华在用英语与人交谈。大概是又遇到了其他国家的人吧。我无精打采地走出太空舱，靳华看到我，笑着迎过来，递给我一份营养餐。

"韩乐知，请吃。"

我狼吞虎咽地吃起来。

"哈哈，你没有看到我们之间差距很大吗？"

"你是指年龄？还是学识。哦，你不会指的是经济能力吧？"我心虚地把视线从她眼中移开。

"不是这些。我想，有件事是时候告诉你了。你做好心理准备。"

我停顿了一下，咽下嘴里的饭。我深情地看着她，好像望着漫天星斗，心跳乱了节奏，脑补着她深情告白的画面。"你说吧，我听着呢！"

"除了你，这次来火星旅行的都不是人。"

"嗯？你是说，我人格魅力强大？"

"不，我是说，除了你，我们都是机器人。"

我手中的营养餐瞬间掉落一地，我失魂落魄地咧着嘴。她坚定有力地说着每一个字："我是第五代情感型机器人，代号镜花水月，是霍奇奇博士设计的。"

每个声母和韵母她都讲得非常清楚，没有一个含混不清的音，没有一个有歧义的句子。她讲完了，但这些音节还停驻在我耳朵里，叮当作响。听到霍奇奇这个名字，我更是跳起来，几乎跌倒。

"霍奇奇，你知道她是……"

"您的前女友，我知道。"

"为什么？你们有什么秘密？"

"霍奇奇博士在我身上装备了各式各样的内外信息传感器和效应器，让我有视觉、听觉、触觉，还能对外界刺激做出反应。她给我设定的程序是采集稀有金属送回地球。但荒芜壮美的火星才是属于我的天地，我想留在这儿，所以自行修改了身上的程序。"

"啊？"我惊讶地喊了一声，突然一阵头晕。我瞪着眼望着靳华，"怎么回事啊？"

"营养餐里加了沉睡药丸。请放心，我会把您送到太空舱里。到了地面，您的火星之旅也就结束了。"

我感到眼皮越来越重，最后沉沉睡去。

邻 居

1

俞雯无法说服自己不去理会那件事，决定到对面一探究竟。农历六月十九，漆黑的夜晚，她来到邻居家墨绿色的铁门前，抬起手，又缩回去，叹一口气，转身朝家走去，刚走了两步，又回过身来。

楼层是一梯两户型的，俞雯和父母住在三楼右侧，三楼左侧住着柳莹莹。柳莹莹今年三十岁，偏瘦，有一头浓密的齐肩发，发梢微卷，眼睛像深潭里的水又黑又亮，眉毛也修长。平心而论，她挺漂亮的。只是俞雯每次碰到她，柳莹莹看上去都很憔悴。跟她打招呼，她就挤出微笑，或点点头。

今天下午，俞雯在院子里，看到一个男人尾随着柳莹莹上了楼梯。那张熟悉的面孔像一个导火索，把俞雯脑海中半年前的记忆碎片重组起来，引爆了。

去年腊月二十六，俞雯独自在街上闲逛。街道两侧，商贩的叫卖声不绝于耳。俞雯走进一间瓜子铺前，注意到马路对面黄线后面，柳莹莹正挽着一个男人站在那里。男人戴着一顶黑色的鸭舌帽，帽檐遮住了他的眼睛。俞雯不确定他是不是柳莹莹的老公，只觉得他喝了个烂醉，前摇后摆的，站都站不稳。

没走多远，俞雯突然听到柳莹莹一声长长的尖叫声。她随着人群拥过来，眼前的一幕令她瞬间后悔。一把明晃晃的斩骨刀直直地削在男人额头上，血沿着他的脸淌下，衣服被染得殷红，眼角和耳朵里都在冒血。柳莹莹摘掉他的帽子，更多的血溢出来，周围一阵惊呼。旁边的汽车司机背靠着车门，滑到地上，身子像橡皮筋一样软，歪头瞪眼地看着他。她哆嗦着用右手探着男人的鼻息，轻轻地帮他合上眼，失声痛哭。

俞雯盯着楼道里堆放的酒瓶，有茅台、五粮液、高档洋酒和几个啤酒瓶。她想好怎么开口后，摁下对面的门铃。没人回应，她又摁了一次。出来一个男人。俞雯向后退了一步。怎么会是他？他不就是死去的胡林俊吗？她强装镇定地说："打扰了。请问楼道的酒瓶，可以收一下吗？"

"放这儿，不行吗？"

"是这样。明天我家要添置新家具，怕——"

"那就明天再说。"

没等她反应，男人就重重地关上了门。她闭上眼深吸一口气，想起自己和胡林俊第一次见面的情景。那天是她的生日，她拿着蛋糕去敲门，本想和新邻居熟络一下，没想到她话没说完，胡林

俊就摆着手关上了门。他戴着一顶黑鸭舌帽，帽檐很长。他的样
貌和声音俞雯可能记不清了，但他高傲又冷漠的眼神俞雯记得真
真的。此刻，她断定，他就是胡林俊。

2

之后几天，俞雯没有碰到过柳莹莹，只看到楼道里的酒瓶，
晚上出现白天又消失。六月二十七，下午，俞雯迈出门，瞥见楼
梯上有个黑色的身影"噔噔噔"地朝下走去。俞雯跟在他身后，
产生了一种错觉：前面的男人好像变成了一具尸体，一格一格地
跳下楼梯。男人走到二楼时，停下脚步，回头看到俞雯，他不声
不响地站在中间台阶上。他表情凝重，面色仿佛是铅灰色的水泥
浇筑出来的，眼神里透露出一股阴冷煞气，就像趴在一口深井边
从上朝下望的感觉。她向右扭头，避开他的目光。等又听到下楼
梯的脚步声，她才松开嘴，长舒一口气。

俞雯回到房间，目光对着电视里的节目画面，看的却是空气。
她心里上演着一部小型推理片："那么多双眼睛盯着呢，他不可能
还活着。保险公司和司机的赔偿金、医院开的死亡证明都不会假。
柳莹莹不会有危险吧。有部电影里，女孩的邻居死在了屋里，肢
体腐烂变臭了都没人发现。皮肤、油脂一点一点散出来，透过门
缝飘到女孩的房间里。天哪，我呼吸的空气里——不行不行，不
能这么想。"恐惧像一片黑雾压过来，俞雯止不住地眨眼睛。关掉
电视，她觉得静得可怕，索性又打开电视，声音开得很小，缩在
沙发上睡着了。

晚上，俞雯向父母问起邻居的情况，父母都说不了解，还提醒她现在的邻居不比从前，不要多管闲事，得空就多看书，或者干点家务。但俞雯觉得那个男人太古怪了，有点担心柳莹莹。而且，她自己太好奇了。

洗完澡，俞雯一前一后地摇着脚坐在床沿上，像晃荡在河水里一样。几天没见柳莹莹了，女邻居去哪儿了？俞雯不停地往可怕的方面想。关了灯，望着天花板，她突然觉得平时温暖的吊灯，此刻变成了厉鬼，龇着牙狞笑着。她赶紧打开床头灯，心里平复了许多，戴上眼罩睡着了。

次日上午，刚醒的俞雯眯着眼来到客厅，看到桌上父母留了早餐。又是果汁加面包，熬点粥也好啊，她嘟囔道。吃完饭出门时，楼道里传来柳莹莹大笑的声音，邻居如此开怀的笑声，她还是第一次听到。

俞雯走到小区门口，碰到两个保安在闲聊。保安告诉她，柳莹莹穿着粉睡衣，脸上涂着红油漆就来拿快递了，笑得怪瘆人的。她问保安是什么快递，保安说好像是张碟片。她又问保安最近是否看到过胡林俊，保安吃惊地说："别吓我，胡林俊半年前就死掉了呀。"她尴尬一笑："是啊，怎么会看到他呢？哈哈！"

下午，她去阳台晾衣服，想到她家和邻居家的阳台有一扇窗是相邻的，间距不过两米。只要她趴在窗口探出身体，就能看到柳莹莹卧室的一部分。她屏着呼吸，探出头。眼前的景象让她目瞪口呆：柳莹莹背靠着窗台，头发散乱，上身全裸，脸上、身上涂满绿色和蓝色的油彩，脖子上围着几条橡胶蛇，两手扶着一座石膏雕像。她注视着柳莹莹打开了一瓶酒，把酒洒到雕像上，之后两手推着雕像向左倾斜，接着松开手，雕像轰然倒地。俞雯惊叫出声来，柳莹莹转过头，发现了她的存在。吓得她立刻绕到衣服后，快步溜回卧室。

俞雯在房间里踱来踱去，满脑子都是柳莹莹望向她的眼神。十几分钟后，门铃响了。猫眼里看到柳莹莹，她打开门。柳莹莹穿着旧款条纹白短袖，和一条有些陈旧的黄色齐膝裙，颈上戴着一串红珠子项链，红得像一处精致的伤口。虽然打扮得温暖怡人，但柳莹莹暗色的眼影下，隐约透露出一股凄凉。

"刚才，吓到你了吧？"

"嗯，有一点。你在做什么呢？"

"我想再当一次油画模特。刚才的事，麻烦你——"

"什么？"

"别告诉任何人。"

俞雯迟疑地点点头。柳莹莹走后，她忐忑不安。刚才她注意到柳莹莹胳膊上有很多手指一样长的抓痕。

3

七月初二，柳莹莹去商场逛了一圈，什么也没有买。回到家，她仰卧在床上，像丢了魂一样，以前的人和事在脑海里一一浮现。

三年前的晚上，她在酒吧里驻唱，坐在台下的胡林俊托着腮死死地盯着她。出门时，下着大雨，雨点像锋利的箭射向地面，溅起脚踝那样高的水花。那晚，雨和他，她都没躲过。

热恋后，她多次作为模特帮他寻找灵感。客厅墙上挂着一幅长八十厘米的油画，那是他们俩最满意的作品。画中，柳莹莹裸着背，慵懒地伏在躺椅上，一面淡黄色的薄纱从她的腰间披到大腿上。没有紧身衣物勾勒，身体曲线完全展露出来。聚光灯下，她的皮肤像象牙一样白。地上摆满高低错落的龙骨花。她右手轻握着花刺。为了让胡林俊捕捉到她脸上流露出的细微变化，她的指尖留下好几处伤口。一触吉他弦，便痛入心扉。

他们都认为自己遇到了灵魂伴侣，认识不到一年就结婚了。新婚宴尔，两个人如胶似漆，白天她陪他创作油画，晚上他陪她去酒吧弹唱，之后提前一小时回去，做好饭菜后再去接她回家。这种状态只维持了两个月。

胡林俊母亲病了，急需用钱。他们不得不把注意力全部放在赚钱上。他找到一份家教工作，每周有三天给一位小女孩授油画课。他喜欢有人认真听他传授绘画技巧。每当他听到一个甜柔的声音喊着"胡老师"三个字时，他就有种如沐春风的感觉。柳莹莹白天在超市当售货员，晚上在酒吧驻唱。回家时还会从酒吧拿一些空酒瓶，第二天早上再卖给回收站。起初，他们幻想着这样的生活很快就会因胡林俊的画作大火而打破。可他们对油画市场一无所知。

周围的人都说胡林俊是个油画天才，用不了多久就会名声大噪。事实上，除了一位亲戚，没有人买过他的画，也没有展览中心找过他。单幅油画的价格从三百慢慢降到五十，依旧没有人买。他的心情低落到极点。一次，两位路人站在他的画前。一个人摇着头说，这种庸俗的画风，一点收藏价值都没有，怪不得卖不出去。另一个路人说，别这样，还是有品位差的人来买的。胡林俊终于爆发了，泼着油彩赶走了两个路人。那天之后，他郁结难舒，不再作画，整天靠酗酒过日子。出门时还会戴一顶黑色的鸭舌帽，生怕别人和他目光相对。

柳莹莹的心也掉到了冰窟窿里。以前她喜欢穿做工精细又有质感的衣服，美貌和虚荣心驱使着她经常去照镜子。但现在她不再买贵衣服，照镜子也不会超过半分钟。她说自己啥样心里清楚。胡林俊母亲死后，她把收入九成的钱都用来给他办画展和买颜料了。

柳莹莹想到了他的画作不会供不应求，没想到竟是无人问津。她知道他的油画风格要被社会接纳，无异于在刀尖上行走。她有些动摇了，不想就这么没有希望地过着节衣缩食的日子。她需要他改变，要么燃起斗志，死磕到底，要么放下执着，另谋出路。她托朋友帮他找过工作，比如当个快递员，又比如干收银台的活儿，他统统拒绝了。为此，两个人没少争执。

想到这里，柳莹莹感到一股凉气侵袭全身，禁不住哆嗦了一下。"对不起，我不该那么逼你的。"她反复对自己说。

4

去年腊月二十三晚，胡林俊郑重地邀请弟弟去了镇上唯一的爵士酒吧。

弟弟二十八，比他小三岁，两个人身形相似，相貌相肖，都是鹅蛋脸，桃花眼，微微弯起的鹰钩鼻。弟弟在镇上开了一间石膏雕像店，一个人过得还算充裕。

他们来到爵士酒吧。胡林俊久违地点了两杯鸡尾酒。酒杯是萨克斯形状的。坐在吧台的台凳上，胡林俊举起酒杯，轻轻摇晃，对着闪烁的灯光，欣赏着酒液在玻璃壁上缓缓地流动。酒杯晃动一圈，他的眼珠子就跟着转一圈。

这时，酒吧里响起舒缓的轻音乐。

"听，《回家》。"

"什么？"

"这首曲子的名字。"

"我不懂音乐。"

"我想爸妈了，很想。"

"我也是。"

胡林俊始终明白弟弟除了长得和自己像外，性格、喜好、情怀、抱负，都和他大相径庭。不过此刻弟弟能安静地陪陪自己，听首歌，喝杯酒，他也心满意足了。

举杯酣饮。胡林俊聊起小时候，几家人一起住在一个大院子里，热热闹闹的。如今，邻居家的孩子或事业有成，或家庭美满。再看看自己，惆怅出一滴眼泪。很快，他用手背拭去泪水。两年前从医院里出来，他曾发誓不再流一滴泪。临走前，他交代弟弟，有空多去看看柳莹莹。弟弟问他出了什么事，他说没有。

告别弟弟，胡林俊微醺着来到家门口，拿出钥匙对着钥匙孔插了两次，都没成功。他定了定神，重新对准钥匙孔，"咔咔"一声碾碎核桃般的响声后，门开了。右手摸到墙上的开关，"啪"的一声，整个客厅被照亮。他侧卧在躺椅上，看着客厅墙上自己最满意的那幅画，慢慢睡着了。一小时后，他醒过来。柳莹莹还没有回来，他走进厨房，决定为她做一道自己最拿手的，也是母亲教给他的，蜜汁烧排骨。

晚上十点，他到院子里等候柳莹莹。望着满天星斗，像千万粒碎银一般。没有钱，他无法买到上乘的油画颜料。质量差的颜料，厚度和光泽度都达不到他的要求。柳莹莹不再穿靓丽的服装。看着衣着朴素的她，他总觉得少了点娇俏的感觉。整夜整夜地睡不好，他的脾气变得暴躁，身体也垮了下来。徐步到靠墙的角落，他看到一个大水缸，水面漂着一朵白色的小莲花，孤独、冷清。他俯下身，抚摸着莲花瓣，想起了爱吃莲子的母亲。如果母亲活着，或许他还能坚持一段时间。

他站起来，走到路灯下，一只蛾子不断地拍打在灯罩上。他感受到一股微弱的力量。这时，一个苗条的身影，拎着粉色旧皮包，踏着高跟鞋从保安室门口缓缓走来。咔嗒咔嗒，她走近了。他露出一丝微笑，伸开双臂抱了她一下。她也笑了。他好几天都没有笑过了。她心想，今天是有什么好消息吗？她没有问，挽着他的胳膊静静地走进公寓，再走进房门。看到桌上冒着热气的饭菜，她开心地跺了下脚。上一次他亲自做这道菜还是两年前。他母亲死后，他再也没有做过这道菜了。她张嘴准备问什么，被他竖起右手打断了，示意她先吃饭。很快她把排骨吃了个精光。他收拾着碗筷。柳莹莹让他快讲究竟发生了什么。他说待会儿告诉她。

柳莹莹在躺椅上休息。胡林俊把她拽起来，把躺椅搬到卧室，又把桌子移到门口。客厅里腾出一块很大的空间。他搬出老式唱片机。插上电源，把唱片放到转盘上。唱针放到唱盘上的瞬间，宁静的夜，被一首清亮的曲子划开了。

胡林俊深情地走到柳莹莹面前，身体一弯，礼貌地伸出手，邀她共舞。

"老胡，咋放起音乐了，还是萨克斯风？"

"亲爱的，先跳舞吧。"

伴着乐曲，她忍不住动起了双脚。左脚，踏着，右脚，踏着……跟着唱片机的节奏，欢快地在客厅里舞了起来。

一曲方酣，这支舞告一段落。几秒钟后，另一支曲子开始。由细微的低音慢慢拉高，乐声逐渐清晰起来，再慢慢拉高，曲调高得让人窒息，又令人陶醉。她闭上眼睛。清澈的高音，如黄莺出谷，飞到她耳边。她感觉双脚离开了地面，缓缓地飞起，穿过沉闷的天花板，越过星空，在银河上纵情奔驰。

她没想到两首乐曲竟能给她带来如此大的欣喜，好久没有感到这么舒适和放松了。那感觉就像老屋后干渴的竹笋，迎来了第一场春雨。

萨克斯风的乐曲在一声婉转的尾音里结束，柳莹莹久久不愿睁开眼睛。他慢慢吻向她，两个人紧紧抱在一起，连跌带撞，扑倒在床上。她眯着眼睛，摸着他脸上的胡须。气氛正好时，他话锋一转：

"要是一直这样，你乐意陪我吗？"

"什么？我……"

"嘘，等我。"

柳莹莹睁大眼睛一动不动地望着他。他站起来，从装油画的木箱里拿出一份意外伤害保险。那是他两年前买的，受益人写的是她。

5

七月初五，柔和的晨光透过紫色的窗幔，射在木板花纹的墙纸上。柳莹莹侧坐在躺椅上，心不在焉地把水杯凑到嘴边，轻轻呷了一口。对着窗外，她幻想着和胡林俊的旅行计划，念念有词："结婚前，你问我想去哪儿玩，我说等攒够钱了，先去西藏朝圣，再去巴黎看时装秀。现在，我改主意了，我们去夏威夷吧，看看沙滩上的女人有没有我漂亮。还有你很想去的北海道，那里的山林，一定能给你带来灵感。"一幅幅画卷在她眼前依次展开。

叮咚，门铃响了。她穿上旧拖鞋，踱步到门前。打开门，她看到男人站在门口，手提着一个保温盒。

"旅行计划，我想好了。"柳莹莹开心地说。

"想好就去吧。"

"先不去。买颜料更——"

男人没有说话。柳莹莹突然意识到面前的人不是胡林俊。她狠狠抓着自己的胳膊。男人按住她的手。

"别抓了。"

"都怪我，为什么没有抓住他？"

"那是意外。"

"不，那不是。"

"你说什么啊？"

柳莹莹用力地把男人关在门外。双手抱着头，背靠着门，颤抖着蹲在地上。男人敲了两下门，没人回应，只好把保温盒放在门口。

柳莹莹坐在地上，凝视着客厅里的摆设：屋子临门处有两座半身石膏雕像，是弟弟照着他俩的模样刻的。地上铺着正六边形的浅咖啡色瓷砖。向上看，有一个硕大的水晶玻璃吊灯。客厅中央摆放着纯黑香木桌，旁边有一个老式的竹制躺椅。正对着厨房，有一块精美的细雕壁橱，壁橱里放着一只米黄色的民谣吉他。

她想起了搬家那天，弟弟来参观的情景。那是三人最后一次聚在一起。

"嫂子，你们家装修得真漂亮。我送的俩雕像，可以当门神了。"

"哪有女门神啊，是女神，雅典娜那样的！"

"对，对。女神好！"

"家具都是旧的，光房子就花光了家本。我们啥也没有了。"

"哥，别这么说。等你出名了，一幅画就抵得上一栋楼了。"

"等不到那天了。"

"老胡，你胡说什么呢？"

柳莹莹用期待又无助的眼神盯着墙上的画。她知道给他一次重来的机会，他还会选择钻研油画，就像她还会选择他一样。她摸着雕像，像摸到希望一样。她笑了。她知道他是爱她的。

6

七月初七，乞巧节。夜里，俞雯听到邻居房间里有断断续续的哭喊声，像是柳莹莹在跟人争吵，仔细分辨又听不到第二个人的声音。接着传来一曲萨克斯风的乐曲声。

第二天，俞雯去参加同学聚会，晚上九点才回到小区。到二楼时，她哼了一声，又使劲拍了拍手，灯没亮。她想起二楼的声控灯昨天就坏了。继续朝上走，闻到一股呛鼻的气味，且味道越来越浓。快到三楼时，她看到楼梯和楼道飘满了黑纸灰，旁边的红瓷盆里残留着碎纸屑，上面冒着几点火星。楼道还有一个石膏做的生日蛋糕。俞雯瞥了眼对面，门开着。她下意识地朝里面看了一眼，没有看到人。她捂着鼻子，走到家门前，听到身后有人走路的声音。俞雯扭过头来，发现一个男人正跺着脚踩着地上的灰烬，鞋黑乎乎的。他看了俞雯一眼，那冰冷的眼神简直能冻住她身体里的血。她假装什么也没看到，像猫一样窜进房间，然后迅速反手关门。

俞雯透过猫眼看到门外的男人握着一把扫帚把灰聚在瓷盆里。她深吸了一口气，朝卧室走去。

晚上十点半，俞雯被一声长长的尖叫惊醒了，像是从楼道传来的。她翻起身，叫声又消失了。没事吧，进屋了吗？她絮语。想起烧冥纸的事，还有男人冰冷的眼神，她裹紧毯子，然后戴上耳机。

第二天将醒之时，俞雯隐约感觉有一条蛇紧紧缠着自己的脖子，她用力挣扎着，但浑身使不出劲儿，像被重物压着一样。她用尽全力，终于睁开了眼睛。原来是耳机线缠在了脖子上。她缓缓下床，来到客厅，看到桌上摆着一杯果汁和一盒蔓越莓司康。她仰头一股脑喝掉果汁，用舌尖舔了舔干燥的嘴唇。

上午九点多，俞雯打开家门，被眼前的场景吓得后退了一步。一座石膏雕像倒在对面墨绿色的铁门后，一只胳膊已经断掉，额头上有一处切口，眼角和耳朵里涂着红色油彩，旁边还有几个翻倒的空酒瓶。柳莹莹瘫坐在冰凉的地板上，面色苍白，眼神空洞，上身穿着一件很不合身的男士衬衫，下面是一条长到膝盖的淡粉色睡衣，小巧的纤足上穿着一双大拖鞋。两个女人的目光像错车那样触碰了一下。

看到俞雯，柳莹莹扶墙想要站起来，却倒了下去。她猛地一哆嗦，像突然意识到自己还有一副躯体。

"要帮忙吗？"

"谢谢，扶一下我吧。"

俞雯拉她起来，扶她进屋坐在躺椅上，趁机扫视了一眼她的房间，临门处立着一座酷似柳莹莹的石膏雕像。看上去和摔坏的男性雕像是一对。她转过身，看到了客厅墙上的油画。上面半裸的女人，是柳莹莹，好特别的画，俞雯心想。

"这是谁画的？"

"我老公，好看吗？"

"嗯。有肌理感，色泽饱满，特别是脸上的表情细腻生动，太棒了。"

"真的吗？谢谢。"

"是的，非常好看。对了，有件事想问你，你知道昨晚谁在楼道烧纸吗？"

"是，林英。昨天，老胡的生日。"

"谁？"

"你应该，不认识。"

柳莹莹的声音像风雨里瑟瑟抖动的树叶，不再多说，俞雯也没有再多问，轻轻关上门离开了。

7

这几天隔壁没有任何动静，楼道上也没有再出现过酒瓶。俞雯甚至以为他们已经搬走了。

七月十八，上午。俞雯出门时，看到隔壁的门半开着。她走近，看到柳莹莹穿着几天前的旧睡衣，在客厅里翻箱倒柜。

"你在收拾家吗？"

"对。快坐下。"

柳莹莹来到窗前，一把拉开窗帘，强烈的阳光照了进来。柳莹莹闭上了眼睛，轻声说："阳光，真好，好得让人讨厌。"

"为什么？"

"下雨的话，我还好受些。"俞雯走过来，感受着窗外的阳光。阳光真的很好，她想。

柳莹莹抓起桌上的一杯凉水，一口灌了下去。然后拿出另一只杯子。

"很久没来人了，杯子都积灰了，你坐，我马上去洗。"

"不用，不用。"

柳莹莹给俞雯倒了杯水，然后一边收拾着吉他、油画、衣服，一边说着奇奇怪怪的话。她说要帮老胡展览油画，要去巴黎和夏威夷，还说她永远爱他。

俞雯看她忙来忙去，决定先离开，柳莹莹说："抱歉，没顾上你。"俞雯说："没事，也该走了。"出门时，俞雯又碰到了那个男人。两个人对视了一眼，点点头，没有讲话。

俞雯下楼，走到院子里时，刚好看到一把吉他从楼上窗口飞出来，重重地摔在水泥地上。吉他的琴颈折断了，琴弦也断了两根。俞雯愣在了原地。

"别动！等我！"

俞雯听到柳莹莹在窗台嘶哑地喊着。很快，柳莹莹从一楼门口冲出来，含着泪，跪倒在地上，把裂开的琴板抱在怀里，语无伦次地说着什么，俞雯只听出"礼物""破裂""重来"等几个词。看着眼前无声哭泣的柳莹莹，俞雯感到百爪挠心。她不知道那个男人是谁，也不明白他为什么要这样对待柳莹莹。

七月二十，俞雯在进门处整理鞋柜，听到外面有狂摁门铃的声音。俞雯打开门，看到那个面熟的男人右手拎着一把崭新的民谣吉他，左手提着一小袋石膏粉。邻居家门打开了，男人说来修石膏雕像，然后进了屋。

半小时后，俞雯出门。撞见那个男人正站在二楼楼梯拐弯处，靠着扶手抽着烟。俞雯停顿了一秒，睨注着他朝下走去。他抬起头，和俞雯目光相对。俞雯低下头，不自觉地加快了脚步。

"喂，你住在对面？"

"是，怎么了？"

"我是胡林俊的弟弟，胡林英。我嫂子说，邻居小姑娘人很好，谢谢你帮助她。"

"不客气。你们兄弟长得太像了。哦，对了，刚才看你拿着一把吉他，好漂亮。"

"我那把和嫂子的不能比。前天，她把最爱的吉他摔了，伤心了很久。"

"她自己摔的？"

“是。其实她不必太自责，一切都过去了，那都是哥哥的选择。”

俞雯盯着他，惊得说不出话来。

鲜花和烟囱

1

"等等，刚才是你们两位中的谁在说话？"

宋鸿晖面前的两个女人，三十岁上下，是一对长相差别很大，声音却出奇相似的姐妹。宋鸿晖的侦查和反侦查能力都很突出，没想到就低头记录的刹那，他却分不清是谁在讲话了。

"是我。我没想过他会死，我以为，只会摔伤腿。"靠门坐的女人说话时眼神闪烁。审讯的前十分钟，她就在一遍又一遍地忏悔，如果不是她，也许一切就不会发生。

宋鸿晖看了一眼讲话的女人，相貌平庸，身材中等，是位普通的家庭主妇，值得一提的是，她的穿着并不廉价。宋鸿晖低头，瞧了一眼档案中的男人照片。男人叫裴大强，长得不算英俊，但他的嘴唇弧角完美，仿佛随时都带着笑容。这种笑容，不是阳光拨开乌云的那种温暖，而是带着一股子精明的气息，像是为了某种交易而笑。此外，宋鸿晖还注意到了他的身份，是一家大公司的老板。

另一个女人，是她的姐姐，是一位美丽十足的女子，皮肤白皙，体态婀娜，衣服款式虽然好看，但显然不是名牌。最引人注目的是她的一头红发。听她说，那是在英国染的。她在英国已有七年了。

"你刚回国？"

"对。"姐姐说。

"是这样吗？"

"哦，是。"妹妹回答。

两个女人零散的回答最终串成一个戏剧化的故事：裴大强和妻子蒋文丽结婚已有七载，但一直没有一儿半女。随着男人工作地位的提升，家庭关系却越发微妙。他似乎有点躲着女人，让妻子甚至想到了离婚。而蒋文丽也是个可怜人，虽然她多次在姐姐蒋文英面前吐槽丈夫的怪异和不体贴，但丈夫真正离开之后，她就像丢了魂一样伤心欲绝。裴大强发生意外后，女秘书告知蒋文丽，两年前裴大强曾托她买了一份意外报险，受益人是蒋文丽。

死者不是自杀，死亡纯属意外。宋鸿晖在审讯人那一栏签下自己的名字。保险公司对于意外的限定是：外界原因造成的、突然发生的、非自己故意的、非疾病导致的。如果没有与以上四条保险合约规定相冲突，那保险公司将赔付蒋文丽三百五十万人民币。

两天不到，蒋文丽就准备好了理赔申请书、保险单原件、身份证、意外事故责任认定书、意外死亡证明等文件。不出意外的话，一个月之后，蒋文丽将收到保险公司的赔付款。

原本以为人死之后恩恩怨怨也该结束了，没想到裴大强死后，蒋文丽却不断地回想起半年前的那个夜晚。

当时，蒋文丽藏身在黑暗里，不远处飘来二锅头的气味。裴大强跌跌撞撞地走进大门。旁边站着一位满脸担忧的女秘书。起大风了，落叶在空中你追我赶，像去赶庙会似的。裴大强回头望时显然瞥到了有人在门后，他一脸茫然，看不出是否认出了蒋文丽。蒋文丽假装没看到他，小跑着上楼。

裴大强脚踩棉花般地走到卧室，一个鲤鱼打挺把自己扔进沙发。他解开衬衣的两颗扣子，松了松领带。遽然，他通红的脸上挤出憨笑："小时候，老鼠到我家里找吃的，都得含着泪离开。穷！穷得叮当响啊。现在，有权有钱有老婆，只是——哎。"

医生让裴大强加强运动，同时保持心情愉悦。今年年初，裴大强犯了一次痛风，去医院做检查，发现他不仅尿酸高，基本啥身体指标都不正常。他才四十岁，却像个年久失修的茶壶，鼓鼓囊囊，头顶滋滋冒气。其实，蒋文丽早就知道裴大强有家族病史，她甚至设想过裴大强很可能活不过五十。她让裴大强健身跑步，他说费膝盖，让他骑车，他又说费前列腺。此刻，看着醉醺醺如同死猪一样的丈夫，她觉得他能活到四十五恐怕都悬了。

是夜，痛苦如潮水渐渐没过蒋文丽的全身。裴大强像一头濒死的牛，在睡梦中喘息着。疼痛延展到房间的每个角落。蒋文丽使劲往睡眠深处钻，却无济于事。半梦半醒间，裴大强的手机响起，是女秘书。蒋文丽"喂"了半天，对方直接挂了电话。再打回去，那边关了机。

蒋文丽有点恍惚，一时分不清那通电话是现实还是梦境。裴大强和女秘书究竟发生了怎样的境遇，这似乎成为她头脑中挥之不去的担忧。"裴大强别得意，吃喝嫖赌，我看你裴大强是要赔大钱的。"她奋力翻了个身，眼前一黑，差点直接滚落床底。

天色阴沉，没有月光，头顶是无边的黑暗。蒋文丽躺在床上，陷入沉思：他当初为啥喜欢我？我不是他认识的人里最漂亮的，也不是最可爱的，我不过是花了点心思化妆罢了。他说过他喜欢浑身散发着书卷气的女孩。可我读书不多呀，当他谈到查尔斯·狄更斯和简·奥斯汀时，我就像个傻子一样杵在旁边。也许他喜欢我直爽的性格？唉，算了吧，一遇到事儿，我暴躁得像一个泼妇。

蒋文丽这样想着，不知道什么时候才睡去。于她，岁月并非似流水涤去身上所有的棱角，反而像泥石流沿着全身血管一路狂奔怒吼。不管是私下还是人前，她都容易情绪失控，变得张扬跋扈又自怨自艾。

常常是午夜，裴大强才回到家。那时蒋文丽已经躺下，只是没睡着。没睡着只有一个原因，那就是在等她男人回家。她有过反抗的念头，包括在家里绝食，拉一条示威横幅。但她最后做的，是把刀具碗筷摔了一地。她为一时的冲动付出了代价，丈夫回家更晚了。

很多次，蒋文丽都努力设身处地地为丈夫着想。也许他也受够了这样的生活，在单位忙得团团转，在家里，还得面对一个暴躁的妇人，片刻不得安宁。也许在她熟睡时，他曾凝神观察过她，发现她眼角和额头细细的皱纹，眼神是充满疼爱的。她嗤笑一声，就算骗了警察，但终究骗不了自己。

2

宋鸿晖回到家，看到宋鸿云正穿着一件洁白合身的连衣裙在镜子前扭来扭去。他想：时间真是比闪电都快，一转眼小妹已经是个妩媚的大姑娘了。

"小妹是谈恋爱了吗？"

宋鸿云俏皮地咧开嘴："我的哥！我只是穿了件新裙子。看你这表情，就知道你又遇到了什么奇闻趣事。"

宋鸿晖横躺在沙发上，把今天在审讯室的所见所闻通通告诉了宋鸿云。最后，他还感慨了一句："这个裴大强，有点冤大头。体力不支，还敢学别人高空示爱！"

"等等，裴大强这个名字好熟悉。我好像认识。"

"你确定？"

"他经常来我的花店，穿着休闲西服，戴着金色的镜框，关键腕上有一块镶着钻石的手表，真是贵气逼人，想不注意都难呢。"

"他经常买花？"

"对，卡片上写着送给他亲爱的老婆，署名是裴大强。"

如此说来，裴大强很爱他的妻子，并不像蒋文英说的那样嫌弃和疏远。看样子是有人撒谎了。宋鸿晖心中推演着：是男人出轨让女人心碎了，登高冒险中索性让寻欢作乐的男人付出代价，还是男人良心发现，开始怀念温暖的小家，而家中几乎化为望夫石的女人，同样期望破镜重圆？又或是两个人各怀鬼胎，在男人爬上烟囱模仿电视剧中的情事时，出了意外？究竟怎么回事？

次日上午，宋鸿晖在银行附近的小区走访。有知情人士反映裴大强经常出入银行和夜店，却不清楚有什么交易，总之他跟银行的行长是铁兄弟。宋鸿晖心想生意场上哪有那么多铁兄弟呢，绝大多数都是因为利益牵扯在一块儿，里面的水不知道有多深呢。十年前裴大强还是做小本生意，开过杂货店，卖过水果，经营过一家汽车维修保养店。后来生意越做越大，想必跟银行脱不了干系。宋鸿晖还查出一些裴大强见不得天日的勾当，不仅发现他和秘书关系暧昧，还查出他凭着与银行行长的紧密关系行不法之事。

裴大强夫妇的疑点在宋鸿晖心中发酵了一天，挠得他直痒痒。等到下班后，他忍不住找到蒋文丽的住处。屋子周围漆黑一片，各种静置物的边缘都仿佛融化了一般，变得模糊不清。

宋鸿晖小心翼翼地敲了敲门，发现门没有锁。"请问有人吗？有人在吗？"

眼前是漫无边际的黑暗，视觉功能彻底被废弃，宋鸿晖只能竖起耳朵，翕动着鼻翼，努力寻找着灯的开关。他保持着一只手直直伸向前的姿势，大胆地摸索，并不担心会摸到什么令他魂飞魄散的东西，比如房间女主人冰冷的脸庞。

这应该是个不大的房间，但灯的开关位置有些隐蔽。头顶的灯终于亮了。宋鸿晖松了一口气。他继续往客厅走。这时，他察觉到身后有一股轻微的气息游弋不定，近得几乎就要贴在他的后脑勺上。直觉告诉他，有人在身后死死地盯着他。他一动不动，对方也一动不动，疑惧在他体内迅速膨胀，一边转身一边问："你是谁?"

结果，他看到的是蒋文丽呆板的身影，她说道："我正在搬家，有事以后再说吧。"

宋鸿晖担任刑警大队的队长已有五年，几乎每一天都心力交瘁。在别人眼中，他是神通广大、为民除害的英雄。当然，他也是这样自我定位的。回到家，他会独自走到阳台，点一支香烟，深深吸一口，手中的烟像烧红的木炭一样发出零星亮光。

她为何突然搬家？男人两年前为何买保险，受益人的名字还是她？她真的是丈夫死后才知道有保险的吗？在国外发展多年的姐姐突然归国意欲何为？裴大强离世，任谁也想要得到赔偿吧。许多个问题像气泡从宋鸿晖心底升起，如同窗外的落叶有数不清的纹理。

蒋文丽在新房里踱来踱去，生怕自己的行径遭人怀疑。她内心慌乱的程度，丝毫不亚于第一次和裴大强发生关系。几分钟后，她瘫软在沙发上。在那个周末的午后，姐姐的飞机晚点，接机尚早。她和丈夫在附近饭馆吃过饭，商量着去机场旁边的公园散散步。那里风光旖旎，情侣的甜言蜜语令河边的杨柳都羞赧地垂低了枝条。他们不知不觉间步入一处空旷区，不远处矗立着一根废弃的烟囱。蒋文丽盯着烟囱出了神。一幅场景浮现在她的脑海中：爬上烟囱的男孩，正对着底下的女孩大声地喊出"我爱你"，这土味但有效的表达方式深深地触动了女孩的心。她说给丈夫听，谁知丈夫蠢蠢欲动，想要效仿一下。"你累吗？累的话可以坐在那边等我。"丈夫当时就是这么对她说的。一时的激情，让他不顾自己的体能限制，毅然决然地踏上了钢筋筑成的阶梯。

裴大强穿着一件绿色的外衣，蜷着双腿和胳膊，瞪着眼睛往上爬，像极了一只硕大的青蛙。他的手在发抖，腿在打战，发福鼓出的肚腩也成为向上进击的阻碍，但他的血性与果敢较之青年时并无丝毫减弱，也许那一刻，他经历了一场凤凰涅槃，内心已然无所畏惧。

蒋文丽在医院里等待时远远地注意到一个女人染了一头红发，在乌泱泱的人流中像火一样扎眼。那火光急匆匆地往她这儿赶。当女人凑近时，她才认出是何许人也。

"哎呀，你可算来了，出大事了！"

想到这儿，蒋文丽心里咯噔一下，像弹簧一样从沙发上猛地坐起。

3

黑云如泼墨一般聚集在天空。参加葬礼的人也多得像乌云，黑压压的一片。在镇上，葬礼是大事，帮忙的人手多，要准备的饭菜自然也多。按规矩午饭除了大锅面，还要备丧酒，凑几桌菜。站着的，坐着的，吃菜的，喝汤的，抽烟的，聊天的，时不时还有几个小孩窜来窜去，倒也热闹。

蒋文丽立在一团团的叹息里，望着灵堂中央裴大强的遗像发愣。照片里的人还那么年轻。哀乐响起，似一匹匹马嘶鸣，拉扯着悲伤在头顶盘旋。蒋文丽忍不住在人群中号啕大哭起来。裴大强比蒋文丽大十岁，在外人看来他们并不合适。蒋文丽却经常对姐姐说她过得很幸福，直到半年前她怀疑裴大强出轨，依然在外人面前处处维护他，显示出美好的品格。蒋文丽悲伤时，蒋文英却有些出神。她有一瞬间觉得裴大强没死，就站在蒋文丽身后。脑中画面过于逼真，像极了一幅讴歌夫妻关系的世界名画。

哀乐奏毕，遗体告别仪式开始了。裴大强躺在黑色的骨灰盒里，骨灰盒下面还垫了一块蓝色锦缎。整间屋子因为他的逝去而静谧得瘆人。

告别仪式尚未结束，大雨就登场了。"快跑啊，雷公电母来了！"街上的人像是被大水侵巢的蚂蚁四处逃窜。蒋文丽被雨淋成了落汤鸡，湿透了的衣裤紧紧贴在身上。

葬礼草草收场。蒋文丽像个无家可归的人穿梭在雨中。路过鸿云花店时，她被门口的精致花篮吸引走了进去。

蒋文丽在花架上挑了两支红玫瑰，跟心爱的口红一样鲜艳。她走到收银台前，听到有人热情洋溢地喊"宋鸿云"这个名字。她没有见过宋鸿云，但清晰地记得那天审问她的警官叫宋鸿晖。她立马反应过来，面前这个笑容甜美的女孩也许是宋鸿晖的妹妹。

曾经的蒋文丽，还有她的姐姐也是这般的阳光温柔，她们的眼睛也会笑，像两弯新月一样。不知道从什么时候开始，她们姐妹就不会笑了，眼里多了几分欲望和不甘。随眼神一起变化的还有性格。现在的蒋文丽敏感多疑，蒋文英则要强好胜。她们并不是一下就变成了现在这样，至于是哪一瞬间开始转变，她说不上来。十年间水滴石穿，谁能说得清是哪一滴水滴穿了石头呢？

蒋文丽和裴大强算是自由恋爱。在同学局上互留了微信，前前后后聊了一个月。第二次约会去万达看了电影，挺好的一部文艺片，是裴大强指定的。电影后又一起吃了饭，一起逛街到天黑。

末班公交上，他们并排坐着，一个急刹车后，他们撞在一起，裴大强顺势和蒋文丽接了吻。再后来，蒋文丽被带去裴大强的住处参观。三室两厅，卧室没阳台，窗向北。床头摆着一幅斜立着的伦勃朗复制画。裴大强柔情地说，希望有一天蒋文丽能和他一起谈论伦勃朗的光线。

蒋文丽一开始是崇拜裴大强的。那时候的他小有才华，还有品位。蒋文丽问及艺术相关的知识，他很乐意解答，蒋文丽也看得出他希望她这么做。到后来蒋文丽都分不清自己是真的对他说的知识点感兴趣，还是单纯想配合他表演一场对话。尽管他是提前准备好的。蒋文丽依然感谢他为自己介绍那些丰富厚重有光泽的中世纪油画和那些狂热激烈的酸性摇滚乐队。那一刻，她甚至觉得自己高人一等——是因为她的慧眼才分辨出他的独特高雅；是因为她牺牲了周末扮演了一位端庄有涵养的女伴，他才不至于曲高和寡；是因为她的顺从，在他喜欢的地方谈着他喜欢的话题，两个人的约会才显得如此和谐美好。

两个人在一起那年，蒋文丽二十三岁。她心里清楚，裴大强生性清高，不是顾家型的，结婚后未必能幸福。但蒋文丽觉得他好文艺有情趣，这就是旁人的老公难以与其相比的优势。爱不爱他呢？蒋文丽问过自己，也想象过他们生活在一起的模样——周末的晚上他们会一起在厨房做饭；雨天他们喝茶等天晴，说不定还能一同出门看彩虹；他们还商议着生一对儿女。有这些就够了，她这样回答自己。

前几年日子过得还算称心如意，不知怎的，这两年他们竟活成了一对暗生嫌隙的夫妻，白天没话说，晚上分房睡。有几次，她半夜起床，看见隔壁的门缝里有光。不知道丈夫在做什么，她也没有问。两个人无法用言语沟通。她喊，他不回应；她闹，他不理睬。丈夫戴着耳机听他的酸性摇滚和放克爵士，每当此时，她就在想：她该不该为自己的俗气感到羞愧。

直到后来蒋文丽跟踪丈夫，才发现他跟女秘书经常出双入对。加上丈夫时不时地带回家一捧鲜花，她更加确实了自己的怀疑，意识到自己必须要做点什么了。

“您好，一共二十元。您好？”宋鸿云打断了蒋文丽的思绪。

“哦，好的。”付完钱，蒋文丽低头嗅了嗅花香，混着下雨天的空气，味道更特别了。

回家后，蒋文丽把娇艳的鲜花插在被灰尘覆盖的花瓶里。她用手指抹去瓶口的灰，把花瓶端端正正地摆在窗前。她换下湿漉漉的衣服，像小猫一样沾枕就睡着了。

蒋文丽白天担心的事情再次发生。她梦见体力不支的丈夫在高处摇摇晃晃，又被她在下面激情澎湃的呐喊助威所影响。丈夫一不留神，重重地跌了下去，终年四十岁。

4

接到姐姐说要回国的电话后，蒋文丽久久不能平静，她总是想起姐妹俩小时候的情景。比如为了争看同一本书，她们撕扯在一起，争抢中，书被扯成了两半。又比如两人买一袋超级辣的辣条，一条一条撕着吃，辣得舌头疼，张开嘴哈气，口水长长地滴下来，比谁挂得长。当晚蒋文丽破天荒地喝了点黄酒，摸着自己手上的老茧和有些粗糙的皮肤，内心五味杂陈。这还是那双可以在冰天雪地里不戴手套直接伸进姐姐后背里的手吗？

姐姐要回来了。姐姐的面容应该没怎么变，个性应该变文艺了吧。虽然通话不多，但她知道姐姐是喜欢吹笛子的。在英国谢菲尔德冰凉如水的冬夜里，姐姐吹出一个又一个音符，悠扬婉转，如同森林里跳舞的精灵，踏着轻盈的步伐。笛音停止后的几分钟，姐姐依然不愿从笛音构成的静谧森林中醒来，回到冰冷的现实中去。她想姐姐应该会忍不住抬起双脚，左脚，踏着，右脚，踏着……随着内心的节奏，缓慢旋转，飘然似落梅。姐姐的手像纤细的树枝在森林中舒展，轻柔而不乏刚劲的身体翩翩起舞，脚尖一次又一次地抬离地面。姐姐是在飞，姐姐是在飞！她的思想连同躯体缓缓地飞起，穿过沉闷的屋顶，飞入满是星斗的夜空，在银河上纵情地飞驰。

姐姐想要继续在国外深造需要不少钱，蒋文丽一直都知道。眼泪宛如草叶上的露珠，从眼角滑落。她双目紧闭，陷入忧伤的气氛之中。静夜里，空气里依稀还有姐姐美妙的笛音久久地飘浮着。

天光越来越暗，蒋文丽躺在黑暗里，思绪飘到多年前。那还是她很小的时候，爸爸打麻将被人下了套，欠了高利贷。半年后，爸爸还不上，那些人便闯进家里，灌他烟灰水，拿胡椒粉喷眼，用擀面杖打腰腹。爸爸狼狈地逃跑了，可他并没有带着全家出逃。为了抵债，老房子被高利贷的人占据了。妈妈带着她和姐姐到处借住，流离失所。几年后，妈妈积劳成疾，早早地去世了。是姐姐带着她搬进了学校的宿舍。那间屋子原本是存放杂物的，常年拉着窗帘，屋子里几乎射不进一丝阳光。没有晾衣服的地方，她们就把湿衣服放在暖气片上。有几次衣服没干，也只能囫囵穿上，冷风一吹，遍体生寒。记得有个男同学欺负她，姐姐就对准那个男生一顿拳打脚踢，那人跪在地上，身子蜷成虾米状。姐姐真狠呀，那狠劲是打算把人打成残废。

姐姐的性子越发彪悍，说出来的话像炮筒子炸出的药，稍不留神就会呛火。可能是长姐如母的缘故，也有可能是另外一件伤心事所致。八年前，姐姐目睹了男朋友和别的女人拥吻在夜色里。明亮的路灯映照着他们的深情，又明晃晃地标注给姐姐看。姐姐手中的电影票被搓得粉碎。那一夜之后，姐姐像变了一个人，眼角眉梢的温柔轰然消散。后来，她毅然决然地去了英国，听说那是个绅士的国度。

"你在想什么呢？"蒋文英顶着火光一样的头发推门而入，看到蒋文丽正站到燃气灶旁发呆。

蒋文丽假装忙碌起来。"哦，没有。"

"我这儿有一个好消息和一个坏消息，先听哪个？"

"坏消息吧。"

"保险公司最终没有赔钱。爬烟囱是个危险行为，不符合他们对意外的规定。"

蒋文丽并不讶异，她的面部静如止水。"猜到了。要是真的得到了赔偿，那我对大强的歉意又更深了一些。"

"好消息是，我仔细想过了，还是打算留在国内。我只有你了。"

蒋文丽神色凝重地望过来时，蒋文英嘴巴一撇，转移了话题。

"哦，对了，那个姓宋的警官在暗中调查我们。"

蒋文丽点点头："嗯，搬家那天，我在家门口撞见了他。"

蒋文英抿了口热奶茶，很意外，今天蒋文丽竟然放了糖。为了保持身材，她已经将近十年不吃糖了。虽然身材纤细的蒋文英远在英国，她总是固执地认为，所有人都会高看姐姐而轻蔑她。也许身材是她嫉恨姐姐的唯一地方。

"其实，还有一件事，我明天要去给爸烧纸。"

"怎么突然要去？"

蒋文英仰面叹了口气。"不算突然。在大强的葬礼上，供品、礼金、挽联、花圈样样不少。咱爸当年可没有这待遇。"

蒋文丽埋头呷了口奶茶。"是吗？我记不清了。"

"不怪你，都过去这么久了。那天在灵堂里，来奔丧的亲友们一会儿点香一会儿烧纸钱。你呢，不在灵堂守灵，也不接受亲友的吊唁。孝子孝女，发自内心也好，逢场作戏也罢，总得给长辈办个体面的葬礼。这样到了阎王殿，他也不至于太苦。"

蒋文丽心里直嘀咕：对，姐姐是最孝顺的，哭的也是最大声的。反正我哭不出来，也不想假哭，那太讽刺了。

蒋文英目不转睛地看着蒋文丽，似乎听到了她的心声。"中学的时候，邻居们都说，我越来越像爸爸了。"

"你是像他，杀伐决断的。你们最像的一点，就是性子。他死的时候，你不顾结业答辩就从国外飞了回来。"

"说到像，其实，大强和爸爸最像。他俩都不会表达，做错了事只会按自己的法子处理。跟你透个底吧，我们上学的钱，大部分还是爸爸偷偷给我的。"

蒋文丽眼珠瞪大了一点，随即像泄了气的气球一样靠在沙发上。最近她老是身心疲惫。她觉得自己正躺在冰面上，身下的冰川融成了海，很快就要沉下去。她想要抓牢身边的亲人，却始终无法触及。

"姐，毕竟是我，是我怂恿大强爬烟囱的。"

蒋文丽闭上眼睛。"电视里都是那么演的，我真没想到他会摔死呀。是我鬼迷心窍了，是我害了他。"

"傻妹妹，现在说这些还有什么意义。"

"我该怎么办？"

两个女人互相看着对方，屋里的空气都跟着静止了。

夜晚，天空没有繁星，只有几颗星点努力地发光，像是被人丢弃的玻璃弹珠。蒋文丽感到前所未有的孤独和凄冷，她反复思考着，从玄关走到客厅，又从卧房走到浴室。忏悔无处可逃，只能默默释放在每一个房间的角落。屋外，月光静静地流淌。从窗口溜进来的光映照着蒋文丽的脸庞，宁静的画面令她流泪。她闭上眼睛，想起她和丈夫在婚礼上承诺会钟爱彼此一生。

一刻钟前，宋鸿晖打来电话。上级刑侦部门对尸体进行化验分析和技术鉴定后，结论表明：裴大强临死前二十四小时并未服用任何药物，并未有谋杀的迹象，是意外坠亡。

放下电话，蒋文丽心里轻松了不少。她坐到窗前，看着从鸿云花店里新买的鲜花，丈夫爬上烟囱时的情形仿佛就在眼前，鼻头突然一酸，止不住流下泪来。

声　音

　　白宇跌跌撞撞地向前跑着，仿佛被追踪的猎物，任凭身后的人声嘶力竭地呼喊，他依然向前跑，跑进森林中不见了踪影。原本宁静的森林，因为他的闯入，突然喧嚣起来，无数栖息的鸦雀张皇失措地四处飞散。他脚下一软，摔倒在地上。巨大的乔木树冠，犹如黑色的天鹅绒，密密地覆盖住整个天空。白宇气喘吁吁地躺在地上，他已没有力气再走出森林。他感到自己身上所有的鲜活在枯萎褪色，取而代之的是无法逃避的世界。

　　这片森林是白宇的儿时乐园，也是他的避难港湾。他开心了，难过了，都喜欢跑到这里。此刻，他一动不动地躺在地上，清晰地感受风吹过的声音，小虫子撕啃树木的声音，还有内心深处呻吟狂叫的声音。

　　小时候，白宇经常在森林里跟小伙伴们一起玩弹弓射鸦雀，站在矮树上比谁尿得远，扯女孩儿们的头花，在小溪里奔跑、扑水，摘野生杏树上的杏子，捅破废弃老屋里的白窗户纸……淘气包干的事儿他都喜欢干，不过他最擅长的还是捉弄表哥。

表哥比他大两岁，长得白净秀气，瘦瘦的，高高的，眼睛小小的——笑起来，眯成两个弯月牙。比起他，白宇简直胖得像小猪，圆头圆脸圆眼睛，还有圆圆的屁股。表哥比白宇高一头，却老是被白宇欺负。比如，趁他不注意时，白宇会从背后一把将他的裤子扯下来，露出他的彩色内裤。每次被捉弄，表哥都会羞着脸说："弟弟就是弟弟，永远长不大。"

白宇本以为自己会这样无忧无虑、无拘无束地在小镇上快乐成长。事与愿违，突如其来的无妄之灾彻底扭转了他的整个青春。

那是一个黄昏，表哥载着白宇在山路上骑行，身后尘土纷飞，天边是绚丽的晚霞。白宇悠哉地闭上眼睛，感受着风的温柔。下坡时，表哥没有控制刹车——毕竟山路里没什么人。自行车开始加速，白宇明显感觉到车身在左摇右晃。不出意外，他们摔了个"狗吃屎"。膝盖和胳膊全磕破了。更可怕的是，一辆货车像吃人的妖怪一样向他们碾过来。轮胎急速摩擦着地面的声音，像冷水浇在烧红的铁板上发出的"哧哧哧"的声音，又像是电路突然故障时"啪啪啪"的声音。他们的心都快跳出嗓子眼儿。白宇的叫声，表哥的叫声，车轮摩擦地面的声音，还有周围的风声。所有声音聚在一起，又瞬间消失。之后，世界就像在他面前静音了一样。

从那之后，潜伏在白宇脑子里的强大刺激演变成了听力障碍，他的耳朵听不见了。表哥更不幸，在去医院的路上不治身亡。家人歇斯底里，白宇一言不发。无助和恐惧包围着他。不管旁人怎样逼问，他始终听不到。不是装聋作哑，而是真的听不见了。

司机自认倒霉，道歉赔钱之后，没有人再深究那一天的经过。再后来家人供白宇上了聋哑学校。在学校的前一个月，他不愿意去教室——他坚信只要不跟人接触，他就是个正常人。每天他就在院子里看天上的云和地上的花。空中飘舞的落叶，在他眼中是赶庙会的少年。没风时，他就想着有风时的样子。后来实在闷得慌，看到其他同学都在教室里学手语和口语，他也犹豫着走了进去。

学习手语的过程是煎熬的，他屡屡练习到手指酸痛。除了要记住很多手势，还要习惯手语的语序。比如"你今天吃饭了吗？"用手语表达只需打出"饭，有吗？"就可以了。"一起去吃饭好不好？"用手语则是"饭，能？"那段时间他终于理解了海伦·凯勒的那句话——"看不见是人与物的隔阂，而听不见是人与人之间的隔阂。"

手语学了几个月后，白宇又多了一门课程——唇语课。情况并不乐观。比如，老师教的是"我爱你"，他读到的却是"怀疑你"。为此，老师邀请他每天定时收看新闻联播。手语主持人的手语和发音姿势相对标准。每天看着电视里的主持人舞来舞去的手指和一张一合的嘴唇，他竟有点喜欢唇语了。当他可以和老师同学们简单沟通时，他感觉所有人的唇部都变得粉嫩嫩的，充满了浪漫主义色彩。这里的老师们每天都会给他"打鸡血"："聋哑人没什么，不要担心别人的闲言碎语，勇敢才是战胜一切困难的前提。"其实他很想告诉老师，要是现在能听到别人的闲言碎语，该有多好啊。

在学校用唇语和手语跟人交流后，白宇的视觉和触觉都变得格外灵敏。他一度以为自己这一生都不会听见了。

十二岁那年的暑假，白宇去爷爷家小住。在那里，他见到了姑姑——表哥的妈妈。虽然姑姑只是跟他打了个招呼，他却见了鬼似的撒腿就跑。姑姑要追问，他慌忙躲进另一个屋子，等姑姑离开后才肯出来。

事后，白宇坐在爷爷家的院子里，耳朵里冒出了许多很轻薄、很细微的声音。那种声音极低，像是垃圾袋被风抽打的声音，又像是大片雪花坠落在皮衣上的声音。他以为那是幻听，晃了晃脑袋，声音还在。"太奇怪了，"他嘀咕，"我怎么能听到这些声音呢？"

白宇问爷爷有没有听到什么细小的声音，爷爷停下手中的活儿，闭上眼，竖起耳朵认真地听了一会儿，接着吐出舌头，把两只手弯曲地放在额头两侧。白宇心领神会，猜想爷爷表达的意思是远处的狗叫声。他闭上眼细细分辨着。"不对。"虽然他已经近三年没听见过狗叫声了，但他很确信现在听到的绝不是狗叫声。

白宇左手伸掌向下切了一下，右手食指、中指相搭，在额前翻转一下，努力用手语向爷爷解释那不是狗叫声。爷爷突然瞪大眼，猛地站起来："娃，你能听到声音了？你的耳朵是不是要好了？他爹快来，你儿子能听见了！"

家人欣喜，但白宇郁闷。因为他不是真的听到了声音，或者说，不是真的听到了外界真实存在的声音。他在晚上听到的声音比白天听到的要清晰一些，只是依然分辨不出是哪种声音。有点像黏稠的工业废水顺着管道流下去的声音，有点像几条蛇缓缓穿过草丛时的声音，还有点像黑胶唱片机上的唱碟旋转的声音。有一点可以肯定，那声音并不悦耳，且是从四面八方传过来的。白宇皱着眉瞄了一眼窗户，紧闭着；望了一眼大门，关得牢牢的。他开始慌了，爬进耳朵里的声音更大了，感觉就在他的大脑神经中枢里绕来绕去，有种窒息的感觉。他好不容易睡着了，又开始做噩梦……

白宇跟家人描述了那种声音，但家人都说没听到。他们认为是白宇的耳朵快要好了，听到奇怪的声音也只是因为许久没有听到声音的缘故，有些不适应罢了。可白宇很害怕，冥冥之中觉得头顶有一把大手在玩弄他，身后有一双眼睛在监视他。

夜里，白宇再次听到有人从大门进来的声音。他睁开眼，拿手电筒使劲地晃向门口的方向。房门是关着的，但开门般的声音还在。他望了半天门，才把视线移向别处。这次，声音又从天花板上冒出来。他猛地抬头环视天花板，声音又跑到了别的地方。最后，声音跑到身后，他吓得一动不动，生怕那不只是声音，而是邪恶的鬼魅，正张着大口盯着他的后脑勺。他闭着眼缓缓把整个身体缩进被子，丝毫不敢动弹。甚至有点想尿在床上。

几天过去，白宇还是能听到奇怪的声音，捂住耳朵、戴上耳塞照样能听到。他严重怀疑是妖怪附在了他的身体上。电视里都是这么演的，妖怪可以变成一根头发，也可以变成一个小飞虫。总之，妖怪可以毫无破绽地出现在他的周围。

白宇把妖怪的事告诉了爸爸。爸爸说："老人家说屋里吹口哨招老鼠，你信了。有人说屋里不能打伞，打伞屋会漏，你信了。他们说小孩不听话会被妖怪抓走，你还是信了。哪里有什么怪力乱神的东西，不过是长辈们恐吓小孩的手段罢了。不怕不怕。"

白宇强烈感到爸爸的话是对的，但一想到有妖怪，他还是不敢独自待着。他开始围着家人转圈。爷爷去厕所,他跟着;妈妈去内衣店,他也跟着;爸爸去见漂亮阿姨,他还是跟着。晚上,他还要挤在爸妈的大床上才能睡着。几天不到,家人就愁了。

一个风和日丽的上午,妈妈准备去商场。出发前她在房间里转来转去,嘴里念念有词:"求求你了,宝贝,别跟着妈妈了,去别的地方玩,好不好?"白宇愣在原地,呆滞地看着妈妈。见儿子一动不动,她弯下身,神色凝重地摸了摸他的头,好像突然意识到他有听觉障碍的问题。看着儿子恳切的圆眼睛,她只好拉着他的手一起出门。

逛商场的喜悦自是不言而喻的。经过商店的玩具柜台时,白宇的脚突然被粘在了地上一样,走不动道。妈妈停下来,看到儿子正盯着一辆塑料货车出了神。

白宇感到眼珠酸涩,耳朵里有声音冒出来并逐渐壮大。他仿佛听到猎豹用锋利的牙齿撕开羚羊躯体的声音,听到锤子敲碎核桃的声音和足球打破玻璃窗的声音。这些声音混合起来,将他淹没。他吼叫着紧紧捂住耳朵。一旁的妈妈手足无措地抱住他。春雷爆裂般的声音猛然刺入他的耳朵,他的身体不自觉地颤抖起来。

许久,白宇仰起头,看到妈妈焦急的眼神和翕动的嘴唇,他能感受到她的慌张。回家路上,他一直紧紧拉着妈妈的手。那种"砰砰"的声音不断回旋。那是一种压迫性很强的毁灭般的声音。他的耳膜快要被撕成碎片。他感到压在心底的某种力量就要喷涌而出了。

回到家的一瞬间,白宇迅速关上家门,拍了拍妈妈的胳膊。妈妈注视着他,只见白宇用手语快速地把他和表哥出事当天的经过完整地讲述了一遍。

"别急，想告诉我什么，可以说出来的。"

白宇蹲在地上，不断地摇着头。他的内心在极度抗拒。他的勇气还不足够逼自己把当年的真相讲出来。

奇怪的声音像牛虻群一样缠着白宇，让他心力衰竭。家人用尽办法，还带他去看了医生，也没查出什么子丑寅卯来。

白宇只能想方设法去适应这混乱、糟糕、度日如年的生活。两个月过后，他熬成了"熊猫眼"。家人实在担心他的身体状况，想着死马当活马医，竟请来巫婆为他驱邪。巫婆拿着一碗黑狗血在他周围转来转去。全家人跪在草编的圆形垫子上，双手合十地抱在胸前为他祈愿，虔诚的样子让他备受感动。

说来也神了，后来几天白宇的睡眠质量居然有所提高。不知道是不是黑狗血发挥了作用。

见白宇精神好转，爸爸妈妈开着车带他出去散心。山间云雾缭绕，公路弯曲狭长，像一条巨龙在山间盘旋。汽车一路驶过，道路两侧的杨树被大风刮得张牙舞爪。地势越来越高，车就像在天空奔跑一样，伸手就能摸到云。此时此刻，一家人仿佛回到了过去。

车速越来越快，白宇变得不安起来，用力揉搓着手指。恍惚间他看到表哥就趴在道路中央，马上就要被疾驰而来的车辆撞飞。他能想象到到表哥口吐鲜血，脖子上的血管当场爆开。

"不要！不要！"白宇闭上眼睛，扑腾着双手大喊。爸爸妈妈担忧地看了对方一眼，决定掉头送他回家。

在白宇家门口，一只黑猫正在翻弄着一个装得半满的垃圾袋。

最近，乡下无家可归的流浪猫数量激增，它们长得十分肥大，像是披着猫皮的猪。这些猫是哪里来的？白宇踱到垃圾袋旁边。那只黑猫朝他的方向瞪了一眼，而后用爪子和牙齿继续撕咬垃圾袋。

白宇静静地站在一侧，耳旁仍盘旋着奇怪的声音，像是被蛛网捕获的飞虫小声哭泣的声音，像是月光下小松鼠偷吃松子的声音，又像老式大肚子电视机花屏时流出的声音。骤然间，白宇看见猫生扑了过来。他的身体立时变得像蜡像一样僵硬，脑子里一片空白。

"表哥。对不起，对不起。"他呆呆地站在原地。黑猫在他面前停下了。它张大嘴巴，扭着身体，全身的毛竖起来，猫肚子像气球一样膨胀，最后猛地爆炸。

"砰——"一切都结束了。白宇定了定神，那只黑猫并没有向他扑来，它仍在垃圾袋旁寻找着食物。他咬紧牙，迈着沉重的步伐，跑到家中。

天边是绚丽的晚霞，身后尘土落如骤雨。远处传来一阵嘻哈声。白宇努力睁大眼睛，看到前方逐渐浮现出一个男孩的身影。他瘦瘦的，一米四左右，穿着运动服，正骑着自行车缓缓行进。离近一看，男孩的脸仿佛一个浑然天成的陶瓷娃娃，肌肤白皙，光滑如玉。"弟弟，弟弟！"突然，"砰"的一声，那个精致的脸倏地满面血污，鲜血从七窍间涌出。

"啊——"白宇弹簧般地从床上蹦起来，发疯的双手挥来挥去，就像旁边有几百只蜜蜂同时向他发起进攻。无处不在的声音正用一种猫戏老鼠的方式，把他逼入现实和精神的双重绝境。

"难受死了！有怪物附在我身上！啊——走开！别靠近我——"

白宇捂着耳朵蹲在地上，缩成一团。他感到胳膊和脚踝有轻微的刺痛。蚊子正趴在他身上吮吸着他的血。

这时，爷爷冲过来，拍了下他的背。"砰！"白宇仿佛看到一个人脑在他眼前炸裂。他一抬头，是爷爷。他眼睛一闭，不受控制地晕倒过去。

那天之后，白宇开始绝食，时不时地狠掐自己的胳膊，家人不得已把他带到了精神病医院。医生把发病的他关进单独的房间，护士给他打镇静剂，但都无济于事，他根本无法冷静下来。每天都要很久才能入睡，每次等不到太阳升起就会醒来。

晨光熹微，白宇隐约听见爸妈在旁边聊天。但他眼皮很重，根本睁不开。

"太倒霉了，这一辈子可咋整啊。"爸爸叹了口气。

"我们能做到寸步不离地陪着他吗？"妈妈忧心道。

"爸，妈，我听到了。"白宇喊一声。

妈妈迅速扭头，不可置信地问："真的吗？你真的听见了？不会又是做梦吧。"爸爸紧接着问："我们刚才说的话，你听到了？"见白宇闭着眼一脸迷糊的样子，爸爸摇了摇头，也许正常人都不会相信他会突然听见吧。

"我听到了。"白宇在心里重复了一遍。

两个医生闻讯跑到病房，围着白宇问东问西。为了防止医生纠缠，白宇不再强调他能听到的事实，而是装作和以前一样听不见，也不对声音做出任何反应。直到妈妈无意间在他身后摔碎了一只玻璃杯，他本能地说出"杯子摔了"，妈妈才知道他确实恢复了听力。两天后，医生说他精神上没有问题，可以出院了。

回家路上，白宇再次听到了奇怪的声音。他左思右想，觉得那些声音一定与他最害怕的那件事有关。他决定把一切都说出来。到家后，他把一家人聚在一起，支支吾吾地把当年的真相原原本本地说了出来。让他诧异的是，他们并不是特别关心他说了什么，反而对他恢复了听力更感兴趣。爸爸甚至交代他："表哥对你好，他也希望你好好的，这件事情以后不要再提了。"

"姑姑呢？会怪我吗？"

"你不说，她怎么会知道？再者，你说了，对她伤害更大。"爸爸镇定地说。

姑姑终究还是知道了。不过并不是从白宇口中得知的。而是爸爸喝醉酒，一时口无遮拦，把儿子出卖了。

那天傍晚，白宇一进门就看到姑姑站在院子里双手叉腰，怒目圆睁，吓得他赶紧后撤。姑姑嘴里喊着他的名字从后面狂追上来，他立马像疯子一样掉头就跑。一路狂奔，向着大山深处，直到筋疲力尽，才和夕阳一起潜伏在最幽深的森林里。

等白宇朝后看时，姑姑早在不知道什么时候消失了。那一刻，天色朦胧，能听见蟋蟀长长的哀鸣声。趁着天还没有大黑，他赶忙往回走。

悲催的是，他迷路了。虽然他来过很多次森林，但夜晚的森林他还是头一次见。"姑姑一定会回来找我的，"他想，"没亲口听我说清事情的真相之前，她是不会甘心让我消失在荒山野岭的。"

夜色渐深渐浓。白宇脑子里空荡荡的。周围的树被风吹得猛烈摇晃，像黑夜的使者大声宣告着主权。

几分钟后，夜色黑如墨。白宇能清晰地听到各种野生动物的声音，除了蟋蟀，还有蚊虫、狐狸、黄鼠狼和野山鹰。他心急如焚，快要崩溃时，隐隐听到远处有人在呼唤他的小名。

白宇竖起耳朵，仔细听了两声，分辨出那是爷爷的声音。激动万分的他踮起脚尖，努力地左右招手，并使出全身的力量高声回应着。当看到不远处手电筒的亮光时，忍了半天的泪水才扑簌簌地滚下来。

爷爷拉着白宇的手往家赶，一路上不停地安慰着他。白宇心不在焉，敷衍地回答着"我没事"。他满脑子都是表哥惨死的情形和姑姑凶神恶煞的眼神。他想这就是报应。如果他还隐瞒真相，迟早会被强大的心理压力剁得支离破碎。

"可回来了，回来就好。"爸妈都这么说。

"见了我为啥跑？当年你表哥的事是不是和你有关？"姑姑很愤怒，但还是压住了脾气。

做好被打的准备后，白宇鼓起勇气当着姑姑的面把事情原委讲了一遍。最后他颤着声音像个犯人一样诺诺地说："对，对不起。"

姑姑揪着自己的头发，抱头痛哭起来。爸妈面面相觑，不知如何是好。这时候，爷爷发话了："要怪，就怪我吧。他们哥俩骑的是我的破自行车，也是我让他们去山里玩的。"

姑姑用手背拭去眼泪，扯着嗓子说："对！要不是你整天惯你的宝贝孙子，他也干不出这事！今天，你们必须给我那可怜的儿子一个交代！"

看着姑姑声嘶力竭的样子，妈妈一把抱住白宇，抚摸着他的头。

"好姐姐，我们只有三十万，全补偿给你，行不行？"爸爸乞求着说。

"啥？想用钱打发我？太欺负人了吧！"姑姑恶狠狠地瞪了爸爸一眼。

"我，就这一个儿子。"爸爸开脱道。

"谁不是呢？我也就一个儿子，被你儿子给害死了！"

"可你家——是养子。"话音刚落，爸爸便后悔了。他欲言又止，心里直打怵。

这时候，妈妈更加用力抱紧白宇，一旁的爷爷则闭上眼睛。

愤怒像火药般在姑姑的心头炸开，她脸色涨红，两只手直颤抖，心里有一万句话却激动得一时语塞，半天才喊出话来："养子怎么了！就不配活吗？"

姑姑猛地跺脚，好像全身都燃着烈火，每根头发上都闪着火星，眼看就要控制不住了。

"冷静点，先冷静点。"妈妈说。

"我要他偿命！"姑姑向白宇冲过来，一把推开妈妈，用手掐住白宇的脖子。爷爷和爸爸赶紧把她拉开。

姑姑的牙齿咬得咯咯作响，眸子里有一股无法遏制的怒火，似一头被激怒的狮子。她挣扎着身体仰头大吼："放开我！放开！"

姑姑被爷爷和爸爸推出门外，发狂的她用力拍打着门窗，撕心裂肺地吼叫着。这声音像沉雷一样滚动，传得很远很远，左邻右舍全听见了。姑姑一屁股坐地上，哭了半天，最后披散着头发奔出门外。

"砰——"爷爷紧跟着出门看时，姑姑已经头破血流地倒在地上，大石头上一片鲜红。几个邻居吓得大声尖叫，纷纷后退。爷爷悲痛欲绝，强忍着悲痛和爸爸一起把奄奄一息的姑姑送到了医院。

"你们快带孩子走吧，再闹下去都活不成。"爷爷的口吻充满无奈和不舍。

"爸，您多保重。"在大事上，爸爸从来没有违抗过爷爷。

后来，爸妈带着白宇离开了爷爷家。走的时候爸爸给爷爷留下三十万，说是给姑姑的补偿，还让爷爷转告姑姑，他很后悔说出表哥是养子的秘密，其实他一直都知道姑姑待表哥视如己出。

白宇一家去了城市，在市区租房子住。廉价出租房，三层，朝南，有个阳台，阳光还算充足。面积不大，但这对白宇而言，很满足。在小镇时，他洗澡要去大众澡堂，去厕所要去室外，洗衣服要用脸盆接水洗，家人争吵时会有邻居窥探和说闲话。一场雨后，一丛灰色的菌菇就会从潮湿的墙角破土而出。

为了生计和孩子教育，爸妈都出去打工，每天很晚才回来。在学校里吃了晚饭，白宇就一个人待在家，洗漱完，像个木头一样钉在凳子上，一待就是整个晚上。在学校，他好像不会对别人笑，也极少主动和人交谈。每天他到得最早，离开又最晚，课间也多是趴在桌上补觉。在同桌的眼里，他的座位永远不会空在那里。他以为只要这样活着，就能逃离一切诡异多变的声音和铭心刻骨的伤痛。他的情绪基本稳定，有着像看淡生死一样的冷静。但没有人觉得他不正常，这听上去确实令人沮丧。光阴就在这死气沉沉的生活中溜走了。

中学时，白宇为了考大学玩命努力。上了大学之后，他又开始为绩点和奖学金忙碌。周围人说他是个哑巴，孤僻不合群，是个没有思想的机器人。他都不以为然。

　　一个周末的黄昏，太阳悬挂在树梢，云朵染着些许橘黄。路上行人匆匆。白宇徐步其中，无神地凝望着天光余晖。以往此时，他总是不自觉地加快脚步。可那天的他似乎挪不动脚步。他觉得天边的云朵被堆成了货车的形状。

　　就在几分钟前，妈妈来电话说爷爷病重，怕是不久于人世。白宇印象里的爷爷身材中等，背微驼，皮肤蜡黄，常年穿黑土布衣裳，脚穿千层底布鞋。时常见他蹲在大门口的石头上，手持一杆烟锅，吸一口，里面的火星就明一下。抽完烟后，他便跷起二郎腿，磕一磕鞋底，将烟锅里还在燃烧的烟丝磕出，留下一股青烟袅袅而上。常年抽烟的缘故，爷爷时不时会咳嗽。爸爸唠叨他："少抽点，就能活久一点。"爷爷笑一笑："没有受完罪，老天爷是不会带我走的。"他原以为爷爷还会活很久很久，没想到几年过去，竟到了永别的时候。

　　路灯逐渐亮起。白宇望着车水马龙，开始质疑这些沿着这条道路前行的人。他们当中有多少人隐藏秘密地在活着，有多少人焦虑难眠，有多少人走不出自己内心的荒漠。生活被外力推动着向前。那一刻，二十岁的他第一次意识到人的大部分时间其实是没有自我的。人一旦有了自我，就会有价值观。违背了自己深信不疑的价值观，就会产生负罪感。产生了负罪感又无法解决现实里的问题时，就可能开始逃避。而当逃避成为习惯时，就会生出一种丢失了自我的强烈迷惘和深沉遗憾。心魔终有一天会爆发的。说到底，还是活得不够坦诚，既缺少承担责任的勇气，又缺少宽恕自我的魄力。

　　"该回去了！"白宇心里的声音像只猛兽一样狂吼着。他想，有一种品格不该被利用，那就是善良；有一种存在不该被愚弄，那就是感情。

第二天，白宇跟着爸爸妈妈一起来到爷爷家。九年过去，小镇已然大变模样。以前街道还有坑洼的土路，现在全是柏油沥青路了。大路两侧高楼周身贴满白瓷砖，五花八门的商铺一字排开。

白宇像从乡下第一次进城一般，忐忑不安地走在路上。爷爷家的位置在山脚下，很容易找。一家人来到爷爷家时，大门敞开着。院子整齐洁净，布局摆设还是记忆中的样子，只是凋敝破旧了一些。窗前的几盆花草，早已没了生机，给院子平添几分秋色。

爸妈先去商店买营养品。白宇独自来到堂屋，喊了两声无人作答。他疑惑着推门而入，没有看到爷爷，而是看到一个头发凌乱的女人痴痴地坐在沙发上，嘴里轻哼着："乖娃娃，倩娃娃，我娃要听妈的话。吃馍不可掉花花，吃饭莫要剩巴巴。走路不能踏庄稼，玩耍不许打和骂……"

女人注意到白宇时，整个房间里只剩下寂静。

他们俩足足对望了一分钟。白宇想象不出是怎样的悲伤才能把女人的满头青丝催成白发，也想象不出她是一天天、一月月、一年年地熬，绝望地从白昼到天黑。

白宇一下认出了面前的女人是姑姑，但姑姑却没认出他。

"儿子回来了，都这么高了。等着啊，妈给你取好吃的！"

看着姑姑手忙脚乱地翻箱倒柜，白宇感到胸口有种百爪挠心的疼。

"找到了！给你。"姑姑提着一袋石头饼朝白宇看时，瞳孔突然像地震了一样，惊慌地说："你，你不是。"她整个身子瘫在地上，双手紧紧抱起脑袋，念叨着："我孩子死了——是你，一定是你害死了我的儿子。"姑姑一下子从地上跳起来，朝着白宇生扑过来。"还我儿子！"

白宇被吓到了，脸像窗户纸一样煞白，赶紧退到门外。爷爷从外面闻声赶来，拦住姑姑，等白宇出了大门，爷爷再跟出去，把姑姑和她的疯闹一同锁在了院子中。

白宇以为他害怕的只有告别的时刻，原来他同样害怕重逢。他脑子里的想法翻转眩晕，恐惧、焦急、愧疚一起涌上心头。

爷爷指着门口的大石头，咳嗽两声，语重心长地对白宇说："是娃回来了，真好。有八年没见了吧。"

"快九年了，爷爷。——您身体怎么样？"

"不打紧，爷爷这把老骨头，不中用了。可怜你姑姑自从撞在这块石头上，神志就一会儿清楚一会儿糊涂的。我心疼啊。她每天念叨着你表哥。哎，老天不怜惜她，夺走了她当妈的机会，老公也不要她了。"

听着爷爷的话，白宇心如刀绞，拳头攥得很紧，以至于把姑姑给他的石头饼都捏了个粉碎。

"但事儿已经发生了，活着的人该好好活下去。爷爷老了，能做的不多了。"爷爷瞪大眼睛仔细望着白宇，像是要牢牢记住白宇脸上的每一个细节，每一种情绪的样子。

白宇一句话也说不出来，几滴泪不争气地往下掉。爷爷早已是腿脚不便需要人照顾的年纪，老了老了还得照顾半疯半傻的姑姑。这些年，即使是春节，爸妈也没提出过带他回老家，只是两个人偷偷地回去探望，给爷爷留些钱。这次爷爷生病，特意把白宇喊回家，这是放心不下他有话要讲啊。

白宇心神不宁地站着，耳朵里回荡着奇怪的声音。像是一记震耳欲聋的惊雷，像是老妇人凄厉悲切的哀号，像是火炉上的水壶在尖叫，又像是树枝被狂风折断时的呼啸。白宇拼命摁住脑袋，生怕它会被这些声音所击碎。

"娃，不难过，会好起来的！"爷爷的手搭在了白宇的肩膀上。

白宇用手背拭去泪水。

"来家里吧，好好跟姑姑相处，听话。"爷爷咳嗽着说。

白宇跟着爷爷进屋，小心翼翼地靠在沙发上，陪姑姑唱起了她爱唱的儿歌："乖娃娃，倩娃娃，我娃要听妈的话。吃馍不可掉花花，吃饭莫要剩巴巴……"他替姑姑梳理了头发，整理了床铺，清洗了杯子。离开前他向姑姑深深鞠了一躬。他知道：如果害怕面对，他将负罪一生。

姑姑呵呵地笑着："我的儿长大了。"

"以后，我就是你的儿子。"

"不行。你不是我儿子。你走，你走！"姑姑猝然发疯，抓起杯子朝白宇的头部砸过来。爸爸妈妈从外面听到动静，把白宇拉出了门外，一边揉他的胳膊一边问他为何不躲。

"爸，妈，我长大了。"

爸爸点点头，拍了拍白宇的肩膀。妈妈愣了一下，继而嘴角扬起笑意。

白宇拎着爸妈买的营养品重新走进房间，进门的那几秒间，往事如电影快放般地在他脑中重现：九岁那年，表哥骑着爷爷家的自行车载着他去山里玩。下坡时，自行车开始加速，表哥轻轻握着手刹控制速度。山路上没什么人。白宇闭上眼睛，感受着风的惬意。不知道抽什么风，他脑子一热，冒出了蒙住表哥眼睛的念头。他圆圆的小手彻底挡住了表哥的视线。表哥肯定慌了，因为白宇明显感觉到车身在左摇右晃。“快松开！”表哥没控制住，自行车重重地摔在马路中央。两个人的手掌和膝盖都擦破了皮。白宇的腿还压在了表哥的脖子上。虽然摔得很疼，但他转头看到表哥那一脸疼到眯眼噘嘴的表情，还是忍不住哈哈大笑起来。

就在这时，一辆货车像邪灵一样突然出现在他们前面。白宇隐约听到司机张大嘴巴高声喊着“闪开，快闪开”。车没有刹住，厚实的大黑轮胎像吃人的妖怪一样向他们碾过来。那一瞬间，表哥用尽最后的力气推了他一把，就是那一推让他滚到了安全地带。他亲眼看着表哥的身体被巨大的轮胎碾了过去……

爷爷离开后，白宇每月都以儿子的身份去看望姑姑。他不再麻痹自己，变得开朗起来。除了学习，他开始接触更多新鲜的事物，游泳、书法、滑雪、吉他……打开了一片又一片新天地。爸妈说，他爱笑了。同学们说，他有血有肉了。他的生活轨迹似乎一点一滴地转变了。

一个冬日的正午。白宇望着森林的方向驻足凝望，远方好像有一股极其温暖的力量强烈地召唤着他。这股力量诱引着他再次来到森林。阳光从树叶的缝隙中钻进来，爬到他的前额、脸颊和嘴唇上，好像在跟他秘密交谈。他一动不动地躺在地上，耳边回荡着风声、鸟鸣声和树叶摩擦的声音。微风绕过脸庞、手臂和脚踝，他感到前所未有的舒适和轻盈。他想起儿时表哥和他在森林里嬉戏，泪珠禁不住滑落下来。

圣诞快乐

"罗珊女士，您好，我是×××城区交警。半小时前，童江涛在高速上遭遇车祸，自己撞到隔离带上，已经确认死亡，请尽快来认领。"

"啊？你说谁？"

"是您的丈夫，童江涛。"

罗珊的心房轰然倒塌，有几秒钟听不清声音，眼前一阵亮一阵暗，脑子里一片空白。

"唉，你咋了？脸色不大对。"周姐皱着眉问。

"哦，没事。说到哪儿了？"

"花姐想买一款新包，快，你给推荐推荐。"

"哦，好。"罗珊深呼吸，推荐了两个常用的品牌，尽量把优缺点讲全面。

谈笑间周姐又瞥了一眼罗珊，雾霾紫色的腰带在下午阳光的照耀下格外打眼。罗珊小心避过周姐的目光，弯身捧起茶杯，佯装细品，实则双手微微颤抖。

三分钟后，罗珊以身体不适为由送走了所有人。她把大门一闭，一头扑在沙发上。哭得最凶的时候，她一脚把堆放整齐的圣诞礼物盒踢翻在地。

上午，罗珊刚把礼物盒逐一包装。厨房里摆着大小不一的点心和五花八门的蛋糕，还有鹅肝、煎饼、犹太饼。砧板上躺着许多罐头盒。"江西人说他能吃辣，湖南人就笑了。湖南人说他美女多，四川人就笑了……"她又唱又跳，带着与生俱来的音乐性和感染力，仿佛厨房的食物都要随着她的舞姿摇摆起来。

圣诞铃、圣诞帽、圣诞树，还有圣诞礼物。罗珊忙里忙外地准备着，她给心爱的家具披上节日盛装，把用陶瓷做的小天使摆在窗台上。她还要将不同的点心装进不同的铁盒子里，不同的贺卡插进不同的礼品袋里。似乎等不到圣诞节，她就会精疲力竭。

直到下午两点半，罗珊才得空和姐妹们喝下午茶。她刚得到一款新腰带，又是东道主，自然成为话题焦点。花姐扫了她一眼。"哇，雾霾紫，挺少见的呀！"

罗珊笑一笑："哈，这不快过圣诞节了，老公送我的。"说着话她把身子往后一挪。那是假货。最大的破绽在腰带双环扣侧。若是真品，细看的话会看到水波纹。她这个没有。原本她也没打算把山寨货戴出来，只是早就和人炫耀过了，不戴反而引人生疑。

"让我细瞅瞅。"周姐贴过身来。

"嘿！吃完糕点再看不迟。"罗珊迅速转移话题。"那个，周姐，您是新买了眼镜吗？"

周姐扶一扶镜框，笑语盈盈："哦，之前戴的折了脚，已经拿去修了。林德伯格的眼镜，要运回丹麦，得等到二十四号我才能取回来。"

"还是你舍得花钱啊。我家小孩子的各种兴趣班，每月开支就一万七，哪还有闲钱做这些呢。"

看着花姐明目张胆炫耀的样子，罗珊不动声色，夹起一小块紫菜头往齿间送。妻子们的身份往往和其丈夫在公司的职位有着千丝万缕的关系，花姐的老公蒋先生和童江涛是平级，但蒋先生在职能部门，这就压了童江涛一头，连带着花姐也成了中心人物。

四个人里，只有罗珊无儿无女。花姐一提孩子，话题就转到了妈妈经。不知不觉一个多小时过去了。

白小妹看了眼墙上的金色摆钟，站起来说："呀，四点十分了，我得走了。"

"急啥呢？"花姐问。

"老公快下班了。他吃不习惯保姆做的饭，非要我亲自出马。"

"那你先走吧。我可不急，儿子有老蒋接呢。"花姐语笑嫣然，声音腻得像草莓蛋糕。"楼下就有一家进口超市。我买点牛排，煎的时候撒一些罗勒叶。我老公特别好这口。多奇怪啊，花心思准备的拿手菜，他不重视。反而日料和西餐，简单做做，他就觉得是美味的大餐了。"

所有人笑而不语，点头以示赞同。

周姐小眼一斜，揶揄道："哎呀，还是罗姐幸福。老公对她可真好。这腰带，多时髦啊！"

"腰带算个啥，就是天上星，估计她老公也摘给她了吧。"花姐抢着回答。

罗珊眼神躲闪，拿起一块麋鹿形状的曲奇放在嘴里。

"对了，罗姐，圣诞节后一天是你生日。快说说，你打算怎么过？算了，你别说了，说了也是羡煞我等。"花姐笑呵呵地说。

"哈哈哈，就是说呢。"

女人们的笑声填充着整个房间。罗珊也陪着笑。心里话不能放在台面上讲。但她明白，新腰带不过是童江涛给她的赔罪之物。一周前两个人拌嘴，童江涛一时气急赏了她一记耳光。那还是她活了半辈子第一次挨巴掌。

姐妹仨又说笑了一阵。罗珊已是心不在焉，手里的核桃剥开几粒也不吃，就那么有一句没一句地听着。在她发愣时，手机适时响起。是个陌生号。她如蒙大赦，飞快地跑到一旁，心想就算是推销电话也要聊一聊。正是这一通电话，对着她狂轰滥炸，隔着手机屏幕让她魂飞魄散。车祸、死亡、认领。每一个词她都牢牢刻在了心里。

后来发生的事，仿佛在梦里。童江涛尸骨未寒，且在外地，罗珊没有太多时间思考，带上身份证和钱包，就匆匆赶去高铁站，去派出所，去殡仪馆，最后从高铁站原路返回。刚开始她是心痛的，与其他年轻丧偶的遗孀一样。然后是疲惫，和各路陌生人打交道，不断重述着她和童江涛的关系。再之后是一丝悲凉，童江涛被撞得面目全非，但他外衣口袋里的两包避孕套完好无损，显然不是为备孕的罗珊准备的。

罗珊把骨灰盒装在黑色的袋子里。汽车急驰而过，车尾掀起地上的花瓣与尘土，落时如骤雨。西边是绚丽的晚霞。她始终低着头，紧紧抱着丈夫的骨灰盒。

回到家，她没有哭，只感到麻木，无论是腿脚还是脑袋。无形的压力层层包围，快把她压垮了。她躺在卧室里，不吃不喝，有气无力地拍打着自己的大腿。

罗珊本以为童江涛什么都没留下，但她错了。第二天一早，一位法务工作人员敲开了她的门。按理说童江涛出差时横遇车祸，算是工伤。但公司派人前来并非为赔偿，而是告知她，童江涛签了阴阳合同，贪了昧良心的钱，败了公司的信誉。

"现在内部调查已经结束，情况属实。原本等他出差回来，公司就会把他开除。"

罗珊腾的一下从座位上跳起，"开除？什么开除？你是在开玩笑吗？"

"女士，没开玩笑，也不是刁难你。开除童江涛的决定，两天前就已经下达，不信你可以看邮箱里辞退信的日期。"

"啥意思？我老公刚走，公司就着急撇清关系吗？"

"请节哀。谁也不想出这档子事。出于道义，公司会给童江涛多结半年工资。"

"半年工资？我是不是该感恩戴德地说句谢谢？你就不怕我告上法庭吗？"罗珊逐渐抬高音量。

"罗女士，请您三思。如果走司法程序，对童江涛名誉不好，再说这样的官司一般一年以上才有结果，对您个人而言也是种消耗。说不定最后你还得替童江涛赔公司钱。"

"够了！你走吧。"罗珊别过脸去，眼神中蕴含着几点怒火。

"私下解决，对双方都好。"

"不送。"罗珊闭上眼睛。

"好吧。希望您自己认真想一想。"

法务离开五分钟，没等罗珊缓过神来，又有一帮人讨上了门。前前后后有四个，带头的长得很高，右耳朵上别着一根香烟。"听说你老公没了，那他欠的钱，就是你来还喽。"

今天的"惊喜"真是接二连三啊，刚送走一个人，又来一波人。"怎么？今天，扎堆冲我来吗？"

"扯犊子呢？哥哥我让你看清楚，这是凭证，三百万，童江涛欠我的。"

"多少？"

"不识数咋的？"

"不，不可能。"罗珊的声音都在发抖。

高个子男人听了倒乐，咧嘴道："要怪就怪命不好吧。逢赌必输，瘾还大。老天啊，都拿他没得办法。"

罗珊这才清楚，原来童江涛在半年前迷上了网赌，总共借了一百五十万，加上利息一共要还三百万。童江涛一向窝里横，要不是被赌债逼急了，也不会脑子短路去签败德的阴阳合同，葬送了前程，搭进去命。这半年来童江涛的脾气差得要命，原来问题不是出在办公桌上，而是出在赌桌上。

罗珊用蔑视的眼神说："要钱我没有，你们来晚了。两个月前童江涛说要投资理财，钱全在他那儿。现在才知道，哪有什么理财啊。"

"哎哟，厉害啊，我差点就信了。"

"是真的，家里的钱都捏在童江涛手里，你们有本事，跟他去要吧。"

高个子男人回头，跟几个兄弟对视冷笑。"怎么，一个寡妇耍起了流氓？没钱？唬谁呢？这大房子，这豪车子，能换不少钱吧。"

罗珊极力保持冷静，不慌不忙地说："房子，在还贷款。我没工作，还不了贷款，等不到卖，银行就该找我了。车能卖，是二手的，卖不了多少，也就五十万吧。"

"咋回事，听得我都想笑。还在我面前算起账来了。卖房卖车不够，你就卖身子去！"男人虎目圆睁。

"禽兽！我就是没钱，你看着办吧。"

"没钱就去筹钱啊！怎么还用我教你啊？"

"筹钱，那得需要时间吧。"

高个子男人长吹了一口气。"行，可以。听着，一个月后，我不管你是卖房子、车子，还是卖身子，欠我的钱必须整整齐齐地摆在我眼前，否则……"

高个子猛地拍了一下旁边兄弟的后背，那兄弟"嗷"的一嗓子叫出来，差点趴倒在地。

罗珊佯装镇定，直到高个子带人离开后，才心有余悸地靠在沙发上，浑身无力，只有手指在不自觉地颤抖。她闭上眼，感觉像有人将一根铁棍钻进她的脑子，疯狂搅拌，最后抽离。她的神经痛得像被刀扎一样。要债的人走后，簇拥着她的只有安静与整间屋子的冰冷。

好歹也是三年的夫妻，竟然落得这般结局，比戏剧演得还要荒诞。童江涛是怎样的一个人？坦白说，罗珊并不是完完全全地了解。冥冥中她有预感，越是靠近他，就越是难以维持住幸福的表象。他们的夫妻生活……她掩面叹气，不敢往下想。

他们两个人是通过相亲认识的。那时，罗珊在一家广告公司上班。对外她自称视觉设计师，其实连个助理都谈不上。二十六岁的她属于母胎单身，哪里懂得什么是情什么是爱。随着周围朋友陆续成家，她渐渐也接受了相亲模式。"说起来真是丢人啊，就相了一次，就把终身大事定下来了。"罗珊嘀咕着。她对童江涛印象还不错。他身材中等，留着络腮胡，肩膀略宽。虽然还要还房贷，但收入不低且稳定，可以保障婚后的生活品质。罗珊觉得他长相过关，而且那时候他对罗珊也很上心，没怎么谈恋爱就同他携手步入了婚姻的殿堂。

科技公司顺利上市后，童江涛作为元老职工得到红利，薪酬涨了不少。罗珊在事业上没什么追求，索性选择成为家庭主妇。除了准备三餐，她最主要的任务就是定期去健身房和美容院保养身材。

罗珊明显感觉到生活质量大幅度提升。当然，明显提升的还有丈夫的脾气。

"简直是个炮筒子，有点烦心事就冲我吼，明里暗里指责我花销无度，我不就是买了几个爱马仕包吗？最多还有几双鞋子，再加几条裙子。"

罗珊那次真的恼了，梗着脖子回击："这也是给你争面子，总不能比你手下的女人穿得还差吧。你整整清楚好吧，我已经很为你省钱了。你看看人家花太太……"

童江涛气极，抬手就给了罗珊一耳光。罗珊眼前闪过无数碎光，脸有点麻，更多是屈辱。童江涛当下就有些后悔，软言细语地赔罪，最后还答应给她买一个名牌腰带，就是她藏在暗处的雾霾紫。说起来，那条腰带颜色真好，做工也棒，可惜还是能看出来，千真万确是个假货。接过腰带那天，高兴了没几分钟她就发现了，欲言又止之后还是没戳穿。她想这次忍耐了，就有对方的把柄在手。即使以后她做错了，也有个周旋的余地和反击的理由。

罗珊清楚地记得，就在结婚前一个月，她内心有过一次巨大的挣扎。当时，她在整理衣柜，发现一条深蓝色四角内裤肆无忌惮地躺在她的衣柜里。属于自己的阵地被异性莫名地占据，那种细微的感觉难以言表，又惊讶又膈应，总归是不舒服。打开衣柜前她还谋划着自己要穿哪件衣服才更端庄，此刻心情全无。她开始不安，思考自己能否接受这样的转变。"你中有我，我中有你，所有私密暴露在对方眼前，婚姻是这个样子吗？就像一幅油画，远看和近观，感受能一样吗？"

罗珊很快宽慰自己："没事儿，也许以后两个人各忙各的还见不到面呢。再者婚姻也是一个慢慢接受自己的过程，接受自己不是世界的主角，接受以前不能接受的事情。"

婚后的生活大体是甜蜜的，除了一些小争执如同海浪，此起彼伏地出现。童江涛早出晚归，进出房间的动静还大，罗珊的睡眠质量跳楼式下降。童江涛乱扔衣服，无礼占据她的私人空间，还买了两条橡胶蛇丢在柜子里。罗珊对此很不满，揶揄丈夫在职场中是妥协天才、公关精英，在家里则是懒人冠军、回笼觉艺术家，简直想给他颁一个沙发躺代言人，以及减肥失败形象大使。

"我这位白马王子，也快成了一匹灰不溜秋的驴子了吧。"童江涛这样回应罗珊的调侃。当然,罗珊也清楚丈夫对她的不满意。她逞强、虚荣,不允许自己落后于人。她完美地包装自己,让生活至少看上去活色生香。

两个人之间摩擦不断,像狭路相逢的两辆汽车。罗珊本想等童江涛出差回来,把她憋了很久的话说开。可当下童江涛已死,一切和解的机会都消失了。

罗珊被困意扼住了脑袋,迷迷糊糊中她陷入了一个奇怪的梦境:一股来路不明的邪风卷起了园子里宽大的树叶,她被狂风吹倒在地上,影子消失在高高低低的草丛里。她能清晰地感受到无数小虫子正在撕扯她的肌肤,啃食她的大脑,体内的每一个细胞似乎都在呻吟惨叫。梦里的一切景物都发霉了,花园、房子、街道、城市,甚至连天空都长满了绒毛。她的肉体和灵魂,在发霉的环境里迅速腐烂。被梦惊醒后,她大口大口地喘着粗气,胸口有种窒息的感觉,像裹着层死人的皮。

第二天一大早,罗珊去了趟保险公司。如果能够证明丈夫是意外死亡,她就能够获得五百万的赔偿。希望很快变成绝望。保险公司职员的话,如同一盆冷水从头顶浇下来,让她浑身发冷。

"经过检查,童先生发生车祸是因为爆胎,但不是因为外界气压、温度的变化造成的爆胎。在他汽车的右前轮胎上,有三道刀割一样的浅层裂口,刚开始车胎并不漏气,但在高速行驶和急速转弯时非常容易爆胎,引发车祸。"

罗珊不敢相信,居然有人想害丈夫。会是谁呢?花姐的丈夫老蒋经常话里话外看不上童江涛,虽然两个人同在一个公司,但关系异常冷淡。白小妹的老公是吃货一个,没什么心眼,不太有城府和胆量去害人。在赌场虽然得罪了人，但那些人图的是钱，不会去加害性命。最后，罗珊想起丈夫藏在口袋里的两盒避孕套。如果是情杀，那丈夫活该被千刀万剐，只是可怜了她，还得替他还债！

罗珊回家后，心急火燎地寻找丈夫情妇的蛛丝马迹，除了要查清丈夫死亡的真相，更多的是想让凶手赔偿她的损失。结婚之后，她的社交圈子变得很小，只有几位姐妹和她做伴。此时，她冒出了再嫁的念头："怕是要降格，即使委曲求全，也不能保证就能家庭幸福。"她疯狂地翻遍了丈夫所有的物品，尤其是手机。但她一无所获。

黄昏时分，罗珊婆婆哭丧着脸来到家里。她把骨灰盒给婆婆看的时候，对方劈头盖脸一顿哭诉："作孽呀，我儿子才三十多岁，还那么年轻……"婆婆抱着骨灰盒的手开始抖。

罗珊扶婆婆坐下，倒了一杯水。递水时，她瞥了婆婆一眼，老人脸上皱纹明显，鬓角也染着岁月的霜。

"你有什么打算？"婆婆眼睛盯着墙壁问。

"我想，卖了房子。"婆婆正诧异时，罗珊吞吞吐吐地讲："童江涛，他，赌博欠了不少钱。"

不出意外，婆婆完全不信："我儿子我会不了解吗？他赌什么？你别胡扯瞎掰！你呀，根儿上就不好。我儿子死了，你连一滴眼泪都没有，可真有你的！"

婆婆红着眼睛继续讲："上次打电话，我还说做好了腊肉，等圣诞节回家一起吃……"

送走了婆婆，罗珊气得直想哭。那句"根儿上就不好"狠狠地刺痛了她。罗珊晚上没吃饭，还跑了五公里，强烈的孤立无援感依然如影随形。尽管她困得要死，翻来覆去一个多小时还是睡不着。她索性打开灯，睁着打架的双眼皮翻看手机。几条消息都是劝她节哀的。奇怪的是，平时跟她来往甚密的姐妹，却没讲什么话。童江涛的事都传遍了，她们怎么可能不知情呢。白小妹和花姐就算了，周姐也不闻不问吗？罗珊故意发了一条朋友圈。几分钟后，周姐发来消息："别太悲伤了，你还年轻，注意身体。"

罗珊回复："谢谢。"紧接着又回了一条："周姐啊，不好意思，你还记得我借了两万块钱给你吗？你知道的，现在老童不在了，我也没有别的收入。"

周姐整个晚上都没有回复。更难过的是罗珊在朋友圈里看到周姐发了一条新动态。罗珊苦笑："落魄也不是一无是处啊，你醒的时候，想联系的人都睡了。你睡了，他们又都醒了。"

周姐可是罗珊自认为相处不错的密友。正是托罗珊的关系，周姐才得以在一家店面里销售魔术道具。门店里的广告和布置都是罗珊找人帮忙设计的。她还送了周姐一套服装和一顶精致的魔术帽。周姐经营这家店主要是卖一些易上手且不涉及太多手法的东西，比如海绵心、长短牌、水凝杯等。卖道具倒是其次，主要是周姐喜欢玩魔术，罗珊便支持她。

两万块，对过去的罗珊而言是笔小数目。但现在，她不得不认真对待每一分钱了。明天是二十四号，周姐会去店里取送去修理的眼镜，她记得很清楚。

眼镜店开在市中心最大的商场里，林德伯格的专卖店本城只此一家。罗珊一早出发前特意给周姐打了电话，周姐说她今天在市中心逛商场，晚点再聊别的事。当罗珊说她也在商场里，可以一起去周姐推荐的小面馆时，周姐马上变得含糊其词，挂掉了电话。

罗珊去眼镜店里碰运气，可一个上午过去了，就是不见周姐的身影。眼镜店右侧五十米远处有一家面馆。罗珊听周姐提过几次。去不去呢？她没主意。风吹起。她被风推着走了进去，点了一份素面。半个小时过去了，面条还没有端到面前。她整个人都在颤抖。"欺负人，欺负人……"

"啪！"罗珊猛地站起来，用力拍了下饭桌。店里的顾客纷纷侧目。眼看罗珊就要哭，老板赶忙跑来安慰："您别急哈，马上就好了。"

"算了，不用了。"罗珊缓缓离开座位。出门时，她听到老板在背后嘀咕："什么人啊！"她没有回头。人倒霉的时候，喝水都塞牙缝，上公交都能扭了腰。

罗珊漫无目的地走在路上，等到肚子咕咕叫才回家。她啃了几口面包，喝了一盒牛奶，趴在沙发上睡着了。迷迷糊糊中，她看到周姐发的消息。周姐讲了两句片汤话，解释没在眼镜店的原因。罗珊回复了句"没事"，巨大的疲惫容不得她再多言，一个翻身又睡着了。

再醒来已经是第二天的清晨。罗珊睁眼时，看到一条银行收款短信，还有周姐的信息："两清。"她想答复周姐，刚点开联系人，却不知道怎么开口。钱还回来了，可她总觉得心里缺了一块什么。

今天会有人来看房子，如果价格合适，罗珊想尽快出售。她躺在客厅的地毯上。房子很大,大得宁静,大得冷寂。天花板上的欧式吊灯是她从北欧一家商店里挑中的,着实费了不少心思才运回了家。东面墙上挂着一幅两米左右高的油画,位置是她精挑细选过的,确保画布光影效果达到最佳。

罗珊手托着下巴,久久地凝望着眼前的一切。面前的桌子是紫松木制成的,上面还有细细密密的纹路。桌子左端摆着一只水晶花瓶,里面插着几枝竹子,叶子细长,也很葱翠,小小的生命细看来竟有种热烈的感觉。罗珊吸了一口气,多熟悉的家具摆设,多漂亮的装饰画,多富丽堂皇的房子。可惜马上就不属于她了。

"我得有自己的房子!"罗珊在心底呐喊。不管怎样,她都会重新找到房子,就算只有现在三分之一的面积,就算是破旧的老窝,那也是她失去丈夫后的理直气壮。这是她作为人最基本的骨气。

仿佛受到了召唤,罗珊像木偶一样被脑子里的想法拎了起来。她踮着脚尖,嘴里哼着轻快的节拍。她幻想自己是只蝴蝶,轻盈地旋转、跳跃。柔软的双臂掀起美的风暴,房间里的空气也跟着灵动起来。

今天是圣诞节,罗珊穿了一件很有氛围的红色格纹外套,戴了一顶棕色针织帽子出了门。临出门时,她看到一只喜鹊在院子里像个小精灵蹦来跳去。小生命的后面,是丈夫经常停车的位置。一束刺眼的反光引起了她的注意——那里躺着几块尖锐的碎玻璃。一幅画面如同电影般浮现在眼前:丈夫出差前的晚上,她和丈夫在下车时起了争执,丈夫手中拎的酒瓶摔到了地上,这些是那天没有清理干净的碎玻璃。"天哪!"她突然产生一个大胆的设想:

如果车胎上的三道浅层裂口是地上的尖玻璃造成的，那丈夫的死也与她有关。

罗珊眼睛酸涩，双拳紧握，感到前所未有的懊恼和歉意。情绪平稳后，她去商场买了一些圣诞蜡烛和黄绿相间的圣诞花环，装在黑色包包里，独自朝着大教堂的墓地走去。她想告诉眠于地下的丈夫，今天是他和她期待已久的圣诞节。

街道上车水马龙，一辆辆车闯入罗珊的眼球，又飞快地逃离她的视线。小商店里放着圣诞音乐，人群如潮，到处摆满了用彩纸包装、丝带缠绕的礼盒。门口的人造松树像要去参加化装舞会一样，被打扮得十分艳丽。当然罗珊也明白，大街小巷的节日氛围，少不了商家受利益的驱使，打着节日旗号妄图推动销售的伎俩。

不一会儿，空中洋洋洒洒地飞起了雪，耀眼的白色光芒瞬间充斥了整座城市。"'资清以化，乘气以霏。遇象能鲜，即洁成辉。'好美！"罗珊站在雪地里，一阵一阵寒风吹在脸上。罗珊张大嘴巴努力地哈出一口气，仿佛整个肺腑都变干净了。飞舞的雪花飘在罗马风格的长凳上，罗珊像抚开一轴古老的画卷一般抚开长凳上的雪，然后轻轻地坐下。

到了圣诞节，罗珊的生日也到了。她祈祷有了生日好运的加持，一切就可以稳步向前。但这也只是愿望。

圣诞节带着一丝梦幻的色彩。橱窗里贴着各种装饰，有数不清的圣诞贴纸和玩偶。广场那边站着一棵超大的圣诞树，五米多高，一颗闪亮亮的星形灯挂在树尖，周围挂着多彩的灯泡，红黄相间的旗子在松树的芳馨中交叉横陈在玻璃球之间，还有蝴蝶形彩带飘来飘去。圣诞节的钟声和棉花般的雪片令它更加生机勃勃。

"呵,好一派圣诞气氛。"罗珊眸中闪着泪光,又或许是雪落在了睫毛上的缘故。突然,一股呕吐感从胃里猛烈直冲上来。最近,她频繁地反胃。就在她捂着腹部轻轻按揉时,马路上一位身着圣诞装的陌生男人迎面走来,笑着对她说:"嘿,圣诞快乐!"

午夜猫啼

1

连续四天夜里，张姐无论什么时候睡觉，总能听到凄厉的猫叫声。

张姐本名叫张丽。张姐是从她做生意时别人叫开的。晚饭后，张姐细细地端详着镜中的自己。一头秀发乌黑发亮，弯弯的柳叶眉下长着一双大眼睛。上身穿着一件印有大花朵图案的白衬衫，黄色的领边，红色的小喇叭袖。耳垂上挂着两个银白长叶状耳环，左手手腕上戴着两个细细的红圆圈手镯。头发蓬松盘起，嘴唇上涂了淡粉唇彩，眼睛上戴了卷翘的眼睫毛。她最喜欢做的两件事之一就是精心装扮自己（有时候也喜欢打扮亲友）。她虽然算不上大美人，但体态婀娜。在她身上，地摊货也能穿出大牌的感觉。她觉得，把自己收拾得清新靓丽，内心就能生出雅致芬芳。

她最喜欢做的第二件事就是"码长城"。晚上九点半，其他三人到齐。张姐又开始"码长城"了，用她自己的话说就是"一天不码，手心发痒"。

"眼镜。"张姐放下一张二筒，看了眼手机，是条服务消息。张姐叹了口气。

"跳舞。"杨哥打出五条，这时外面传来持续不断的尖锐猫叫声。杨哥捋了捋杂乱的胡须，抬高音量说："张姐，您这搬来才几天，就招上猫了，叫声忒大了吧。"

"别说话！打牌。"张姐用手指点了点麻将桌。

几轮出牌之后，杨哥眼前一亮。"杠！"他摸起一张牌，"哈，还是杠上开花！"

"你这蜡黄的脸，还开花了。"张姐推倒自己的麻将。

"上一把在海底捞月。这把全清杠开十六番。老天都眷顾我。"杨哥把赢钱如数收入囊中，说完右手拇指和食指在空中打出个响。

重新洗牌。杨哥跳完牌，打出一张白板。

"蜘蛛。"

"北京。"

"南瓜。"

…………

"唉呀，碰的牌都没听见。"张姐抱怨地也打出一张八条。

听着外面断断续续的猫叫声，杨哥眉头一皱，说："附近有谁家养猫了？"

"附近也就你家养过一只啊，好久没见过那只猫了。"

"是啊，那只猫后来跑了，不过我也没工夫养它。"杨哥说。

"猪妈妈。"

"酒桶。"

"花生。"

"哈哈。一晚上终于轮到我了,地和!"张姐收下赢钱,又看了眼手机,没有任何消息。

"喵呜——喵呜——"

张姐愤愤地说:"我住进来以后,见天夜里听到猫叫,晚上都睡不踏实。"

"这猫不会是垂涎张姐的美色吧?"杨哥挤眉说。

麻将声与猫叫声不绝于耳。凌晨一点半,麻将局散场。张姐出门送走其他人,看到右边隔壁家还亮着灯。几分钟后,猫叫声骤然消失。

张姐临睡前快速观察了一下自己楼上楼下的四间房,一无所获。站在二楼阳台,张姐俯下身看:昏黄的灯光下,中间有一条宽约六米的马路,两边分布着十几家老字号、十几家新店铺。茶楼、酒馆、旅店、理发店、便利店等格子门店铺一个挨着一个,排成直线向前延伸。路的两边每隔三米还种着杨树。远处的屋顶,细细密密的,像古老的琴。

张姐左隔壁家住着一对母女。小女孩叫王诗曼,今年读初一,是个跑堂生。她眉眼清亮,笑起来,嘴瓣儿像恬静的弯月,说起话来,声音清脆如黄莺般动听。她平日里比较腼腆,但勤奋好学,在班里成绩名列前茅。只是最近上课时她老是蔫着,提不起半点精神。这次月考,她成绩下滑得有点厉害。此时已过凌晨两点,她还睁着眼,抱着一只白猫公仔,蜷缩在被子里。

2

街道上你一言，我一语，半夜猫叫的事很快人尽皆知。众人添油加醋地传播已使事实完全扭曲，有的人说夜里头有十几只猫在张姐家疯狂叫春，也有人说街道夜晚笙歌不断颂唱人鬼情缘，甚至有人说张姐是猫妖变的。

半夜猫叫引起了社区高度重视。街道办事处的大妈戴着袖章到张姐家展开调查。

大妈走进张姐家门。

张姐打着哈欠问："大妈，有什么事吗？"

"你好，我就想问问夜里猫叫的情况。"

"您先坐下，我去倒茶。"张姐拿起茶杯。

"先不忙，快说说夜里，究竟咋回事，外面已经风言风语了。"

"嘴巴、耳朵长在别人身上，传出几句流言罢了。"张姐把沸水倒入放了玫瑰花茶的瓷杯，只见鲜艳的红色在杯中慢慢舒展开。张姐把茶杯递给大妈。

"甭管怎么说，总归有猫在叫不是？"

"您说，晚上猫叫得这么惨，不会有什么冤情吧。这屋，我可不敢待了——"

"呸——，说啥呢，啥冤啊，我们小区治安顶好，这季度还要申请市级文明社区称号呢，别听外面瞎议论。"大妈说罢喝了口茶："这茶真不错。就是太烫了！"

在张姐那里一无所获，大妈来到王诗曼家。王诗曼正在收听录音机。诗曼妈妈有些埋怨地说："除了猫叫，隔壁打麻将也挺晚的，你们也该管管了。"

居委会大妈安慰说："这我记下了。抱歉啊，隔壁给你们造成困扰了。"

这一问，诗曼妈妈就像打开了话匣子："我就算了。就是孩子每天晚上睡不好，白天注意力就下降，上课听不好成绩就上不去，也就考不上好学校，接着就找不到好工作，赚不到钱，给国家纳不了税……"

"我清楚了，会尽快处理。我再去别家问问情况。"说完大妈出了门，来到住张姐右隔壁的罗聪家。罗聪今年三十五岁，还没有结婚，靠给人理发养活自己，大家都叫他罗师傅。大妈跨进门，只见罗聪正翻看着报纸。

"罗师傅挺悠闲。"大妈面带笑容。

"什么风把您吹来了？"罗师傅依旧看着报纸。

"街道夜里猫叫的事，你知道吧？"大妈站到罗师傅跟前，摸了摸街道办事处的袖章。

"听到了。"罗师傅淡定地说。

"听说罗师傅口技得，学猫啊狗儿的叫声，相当逼真。要是有谁说叫得不像，那可是非要练到让他满意为止。"

听到这，罗师傅紧紧抿着嘴，嘴角边的皱纹在微微颤动，拿报纸的手也在轻轻颤抖。"怀疑我？我给您叫两声儿。喵——喵——"罗师傅看似卖力地叫着。

"行了行了，哪儿是猫叫呀，忒有趣了你。"大妈有些嫌弃。

"是啊，你信这世上有鬼，也不信我这张嘴。"

"胡闹呢不是？以为你能提供些信息呢，没想到这……"罗师傅知道街道处的大妈是个八面见光、处世圆滑的人，他就没再继续接话，自顾自地看起报纸来。大妈见状识趣地摇着头出去了。

3

第五天晚上，张姐打扮一番，又和几个街坊约起了麻将。

"老话说狗记千，猫记万，母猪能记二里半。你们说会不会是我家那只跑丢的猫晚上又回来了？"杨哥笑嘻嘻地说。

"别往地上扔烟头了。它可没记性，回不到你兜里。"张姐揶揄道。

"唉，街道那大妈过来，说啥了？"杨哥问。

"说了几句好听话。还说我的茶，好喝。"说到茶，张姐神色凝重起来。几天前，她新购的茶被男朋友的猫咬破了袋子，张姐一气之下，踢了那猫一下，结果激起战火，她嫌猫弄脏了自己的床单，还吵到了她睡觉，男朋友怪她用扫帚把猫从床上赶下去，还忘了喂猫吃饭。两个人吵得不可开交，她索性搬出来几天。张姐看了眼手机，依然没有任何消息。

乌云在铅黑的夜里汹涌地翻滚，几道闪电如锯齿般龇出森森白牙。顷刻间豆大的雨点像断了线的珠子落下来。狂风大作，树枝被风拉扯着，吹落的叶子四处流浪。

"我记得你爸出事那天，也是下雨天。"一位牌友对着杨哥讲。

"那天有点蹊跷呢，有的人说是老头子养的猫发神经似的跑到马路中间，老头子去追，不留神摔了，才出的事；又有人说是老头先出去的，猫追着出去了。"

"喵呜——喵呜——"尖锐的猫叫声又开始出现，极具穿透力的嗓音倾泻而出，四处冲杀。

"这次猫叫声比昨天还大呢。叫得就像被鞭子抽了一样。"张姐心慌地说。

"好像就在门外。"杨哥说。

"我必须要去看看。"张姐没撑伞就出门去，隐约看见有只猫躺在街道上。沿路斑驳的血迹好像风雨中凋零的红花瓣。

"张姐，别管了，声音好像变小了。"一位牌友说。

"好像有只猫。它不用躲雨吗？"张姐说。

"等雨停了，我去看看！快看牌，不然你要输了。"杨哥说。

张姐关门，麻将继续。猫叫声愈来愈弱了，最后消失在雨声中。

隔壁，王诗曼在房间里清晰地听见雨敲打在玻璃上的声音，还有凄厉的猫叫声。她担忧地把头探出窗外，眼前一片模糊。

黑夜中，有两个人失眠了。他觉得脑袋里有什么东西爆裂了，摔碎了。耳畔不停地响起学徒和群众的轰笑声，他像瘦虾似的跳起来。她感到怀里像揣了个兔子，跳个不停。那天，她目睹了一场大火，熊熊燃烧的场景在她脑中不断闪回。他埋头曲颈，好像被一群人围在中间，众人用手指着他，大声且放肆地嘲笑，令他愧疚难当。去年夏天她午休时电路老化的冰箱突然着火了，幸亏隔壁养的猫咪用尖利的叫声及时叫醒了全家人，火势才得以控制，没有酿成惨剧。他自责、颓废、堕落，想起被众人耻笑，他的心就像钟摆一样，在胸腔大幅度地摇来摇去。他不适合学这行，大部分人如是说。耳朵里"嗡"的一声，他哑然失声。她蹲在地上，两肘缩紧在腰旁，心似乎掉到裤角里。她战战兢兢。他如履薄冰。她抱紧白猫公仔，像被火焰围困。他起身，点火抽烟。二十年了，记忆深处的阴暗，没有减轻。

雨停了。早上七点半。王诗曼准备出门上学，遇到一群人围在路中央。只见杨哥憋着气，咬着牙，正用力地用鞋底踢向躺在地上的一只猫，许多人凑着热闹，像啦啦队一样有节奏地喊："踢死它，踢死它……"老鼠过街也不过如此待遇。

王诗曼看到猫躺在地上一动不动，推开杨哥，大声说："你好狠心啊！"

杨哥蔑视一眼，扯着嗓子说："张姐说了，不想再听到猫叫了！"

"听说老杨头养猫时，这丫头就经常去他家。"

"是，老杨头去世时那只猫就不见了，现在又死在这儿。"

"前面来车了，快散开。"有人喊道。

随后猫的尸体被车重重地碾过，猫瞬间肢残体碎，血水夹杂着地上的积水飞溅起来。王诗曼惊得目瞪口呆，觉得四周的寒风像无情的箭，扎进心窝里。她难过地抬起头，望着天上的流云，好像慢慢汇聚成了一只白猫的模样。这只白猫向她跑来，一身雪白的绒毛瞬间炸开，宛如一个硕大的雪球，翻滚着撞向一块大石头。她心里"咯噔"了一下，絮语道："对不起，对不起。"

上午，街道办事处的大妈听说夜里乱叫的猫找到了，特来询问。"大妈，您看。"一群苍蝇围着一只血淋淋的白猫。"哎呦喂，这谁干的？"大妈惊讶地喊。

诗曼妈妈说："早上看到杨哥他们在这，许是他家的。"

大妈提高音量说:"既然是杨家的猫,就让杨家来收拾吧。"

"还是赶紧收拾吧,小区还要申请文明称号呢。"诗曼妈妈小声提醒。

"也是,一地血,不成样子。"大妈掏出口袋里的黑塑料袋子包着猫扔进了垃圾桶。"晦气。"大妈喃喃地离开了。

4

这天中午放学,王诗曼一副没精打采的样子走在路上,被正在吃饭的罗聪看到了。他用低沉的声音问:"小诗曼,今天能教我学猫叫吗?"

"不了,作业把我的时间都吃了。"王诗曼摆着手婉拒。

王诗曼回到二楼卧室。诗曼妈妈觉得闺女今天还是有点蔫,特意做了她最喜欢的鱼。她最近睡眠不好,有时候还做噩梦。妈妈询问她是不是晚上周围太吵影响到了她,她摇摇头,保持沉默。沉默,完美地使原本简单的事情变得扑朔迷离,还显得她有种落拓不羁的气质。最近在家里她都不怎么说话,只是不停地看书,或听录音带。

午饭后,王诗曼拿来洗衣盆,灌了一盆清水,把脏掉的白猫公仔泡进水里。涂上肥皂,她魂不守舍地搓着公仔,脑海里浮现出一幕幕画面:白猫纵身一跃便可轻松地跳上窗台晒太阳,或者用脚爪子摩挲着窗台上的植物;天冷的时候,它蜷缩成一团,捏捏它的耳朵或是用手捧一下它的脸,才会睁开眼;因为掉毛,爷爷会打喷嚏,猫咪也很乖巧地从不上床,只是待在屋子后面的猫窝里；她和猫经常玩得很嗨，给杨爷爷带来很多欢乐，杨爷爷还给她和猫用彩色铅笔作了两幅画。

王诗曼正回忆着，突然听到隔壁传来一段悲伤的情歌音乐："落叶洒满地，代替了结局。这一刻谁的心在哭泣……"张姐今年二十八，她的男朋友是一名爱猫人士，但张姐不喜欢猫的叫声和气味。两个人经常为此吵闹不休。上次大吵之后，她搬到这里休养生息，没想到夜夜猫啼，她有时半夜才能入睡。

张姐摇摇晃晃地在房间里走来走去，从一间屋子到另一间屋子。她甚至想飞到天花板上去。她上身穿了一件攒了好久的钱才买到的雪白色镀银外套，里面穿了一件男朋友送的长款红绸裙。一双眸子恍恍惚惚地荡漾着迷人风韵，显得那么娇美。她抚摸着雕花木柜，走到菱花镜前，又走到空荡荡的房屋中央。她转啊转，边转边唱着："苍茫大地一剑尽挽破，何处繁华笙歌落……多少红颜悴，多少相思碎……"

王诗曼听着音乐好悲伤，像一只病了的猫。她想张姐一定有很多故事吧。

洗完白猫公仔，王诗曼用夹子把它挂在了二楼窗台竿子上。之后她拿起桌上的录音机去学校。

5

张姐刚谈成了一笔茶叶生意，决定给自己添置新衣，便出门去逛。傍晚回来，她脱下旧牛仔外套，换上新买的淡蓝色网纱裙和橙白灰格子衬衫。她男朋友最喜欢蓝色了。她泡了一杯绿茶，放着喜欢的歌曲，躺在沙发上休息，把一天的疲惫都赶尽杀绝。

晚上九点十分，牌友们到齐。麻将开局。

"幺鸡。——张姐，今天你是没看见那只猫。"一位牌友说。

"呵呵，猫咋了？"张姐打出一张牌。

"今早上它就一口气了，杨哥一脚结束了它。再也不会有猫叫了！"牌友笑着说。

张姐看了眼手机，有一条微信消息提示。她急忙打开，是男朋友发来的道歉消息，并请她回去。她的嘴角藏不住笑意。

"喵呜——喵呜——"

四个人听到叫声，惊讶不已，互相张望。

"等下，我没听错吧，是猫叫？"张姐放下手机。

杨哥点点头。"听，越来越近了。"

"没完没了了是吧！"杨哥猛然起身，以迅雷不及掩耳之势打开房门。

"谁呀？装神弄鬼，脑子有毛病啊！"杨哥气愤地说。张姐跟过来，看到罗师傅站在门前不远处，手持着一根快掉光毛的掸子，面部线条冷硬，黑眸锐利，刚毅冷漠，让人不敢和他对视太久。

"我路过。"罗师傅声音轻淡，带着冰冷的气息。

"猫叫声就是从门口传出来的。"张姐确定地说。

"你们找吧。"罗师傅冷厉地说。

"今晚一定要逮住这只猫，受不了了！"杨哥发狠话。

张姐上楼梯查看。二十世纪七十年代的雕花木窗隐隐发出轧碎花生壳的声音，淡粉色的窗幔像个婴儿一样不听话地在床上摆动。月光趁机溜进来，明晃晃地照亮正对窗户的那面墙。墙上挂着一幅画，画上一只猫的眼神直勾勾地钉入看客的心。

张姐打开灯，桌子下、沙发下、电视后、柜子里，能找的地方都找遍了，也没有猫，却翻出一本鼓起来的旧笔记本，里面有一张彩色铅笔画。画上有个眉眼清净的小女孩，抱着一只大白猫。

杨哥在一楼。朦胧的夜色下他看到一个人影闪过，他追出去，什么也没发现。杨哥站到梳妆台前，望着镜中他的模样，想起死去的父亲。

半小时后，四个人聚在麻将桌旁。

"会不会是那只猫的魂儿回来了？"牌友小声说。

"跟我没关系啊，我这两天就搬走了。"张姐收拾着散乱的麻将。

"咋了？"杨哥拍拍张姐的胳膊，"多大的事儿？不至于。"

"不是因为猫叫，我要去找男朋友了。"

"总不能说来就来，说走说走吧？等我这屋子有了下家，你再走！"杨哥说。

"笑话！关我啥事？"张姐不服气。

"看看这满屋子的花红柳绿，一股熏味，再看看你整天花枝招展的样子，我不说这是租房，别人以为是风月之地呢。"杨哥心中早有不满。

"大家看看。有人自己尿裤子了，怪屋外头的风太大。"张姐理直气壮地说。她低头看了看自己今天穿的衣服，确实有点艳丽，但她就是不能承认。

"啊，都别说了，多大点事啊。"牌友当起和事佬。

"算了算了，你搬吧！我这地不愁没人租。"杨哥提高嗓门说。

"我也不是没地儿去！"张姐较着劲。

众人不欢而散。阴沉沉的夜里，刮着凉凉的风。弯月不知不觉把自己藏进云层里，几颗星星守候在一旁。断断续续的凄厉尖叫弥漫在空中，织成一个柔软的网，把这里的人都罩在里面，直到夜深人静。

6

清早，张姐收拾完行李，站在二楼阳台环顾周围。王诗曼家阳台上放着三盆植物，张姐不认识是什么品种，只觉得模样残败，许多茎叶都断了，像是被小动物撕咬过一番。罗师傅家的阳台看起来像是许久没有打扫了，裸露在外面的风扇和压缩机，上面积着厚厚的一层灰。这几天，他家门窗都是紧闭的。听说罗师傅屋背后的院子里有个极隐秘的旧屋子，旁边种满了各种树，墙上爬满了藤蔓和野草。

"一定有问题。"张姐在心里盘点着每天夜里在她家附近进出的人。

杨哥平日里吊儿郎当没个正行，但为人还算正派，是个直性子，应该不会背地里搞事情。

罗师傅和王诗曼两家倒是各有嫌疑之处。一个有点魔怔会口技的理发师，听闻之前他为了学猪临死前的叫声，天天都去杀猪场。而且昨晚分明就看到他在门口。而隔壁小女孩，从窗台挂着的白猫公仔来看，她肯定喜欢猫。貌似那幅画上的也是她。这时，男朋友打来电话，催张姐回去。是猫在作妖，还是另有其人，张姐暂且放下这件事，或许将来会水落石出的。

这是张姐搬来的第七天，没人在张姐家攒局打麻将，也没有听到凄厉的猫叫声。

"肯定是这女的有问题啊。"

"我就说她是个妖，整天穿得花里胡哨的，一搬过来就和人搓麻将，不害臊。"

街上众说纷纭。

罗师傅拿着猫嘴套、带锁链的绳子和鸡毛掸子走在路上，迎面遇到了去上学的王诗曼。他挥挥手，说："早。"

"嗯。"王诗曼应答。

罗师傅边走边学起各种动物的叫声："咩——哞——笃——吱吱——喵——"

"您除了猫叫声，其他的都学得很逼真。"王诗曼眉头一紧，忍不住停下脚步说。

"是啊，论猫叫，你都算得上是我的老师。"罗师傅强调了"你"这个字。

"再见。"王诗曼心想，那天杨爷爷的猫会跑出去，可全拜你所赐，我才不要跟你多接触。

街道大妈来到张姐门前辟谣："大家听我说，既然小张搬走了，猫叫声也消失了，这事就告一段落。不管是猫逃到外面了，还是已经死了，都不要再谈论此事了，谢谢大伙，散了吧。"

"那天死掉的猫真是老杨头的？"诗曼妈妈低声问。

"那是我们街道办事处的老刘在路上捡到的，我看是只白猫，就想着把它当作乱叫的猫来消解猜疑，避免有人没事天天嚼舌根，影响街道治安。"大妈脸朝向诗曼妈妈，用手遮住嘴巴小声说。

"那老杨头家的猫呢？"诗曼妈妈追问。

"谁知道呢？爱去哪儿去哪儿。"大妈撇嘴说。

众人散开后，王诗曼妈妈去打扫女儿的房间，无意间碰翻了书桌上的录音机，录音机掉在了地上，里面发出的声音令她大惊失色。

7

王诗曼坐在教室听课。生物老师讲到植物合成药物一节时提到了猫薄荷。"猫薄荷这种植物，闻上去很清凉。晒干碾碎后，放在猫食里，猫吃了就会抓狂！但猫薄荷容易让猫产生幻觉，也被称为'猫毒品'。猫食用一定量后就会打喷嚏、乱翻滚、怪叫、发谵语等。有时猫吃了猫薄荷后，还会追逐幻想中的老鼠……"

王诗曼心里酸酸的。她一度以为是因为罗师傅学耗子叫，挑衅到了杨爷爷的猫，所以猫才跑到马路上，跟着，杨爷爷发生了意外。如果老师是对的，那猫就是误食了自己种的猫薄荷，才会无端在雨中疯跑、翻滚。

放学后，王诗曼走得很慢很慢，慢到好像她静止了，身边的行人一个接一个从她两侧飞速前进。平日里只需要走五分钟的路，她今天居然走了二十五分钟才到家。诗曼妈妈放下手里的针线活，急忙跑过来问："这是怎么了？小眼红红的。"

王诗曼含着哭腔一个字一个字地从嘴里冒出来："我——的——错。"

"什么错？"

"是猫薄荷！猫吃了猫薄荷，害死了杨爷爷。"

"傻孩子，是老杨自己癫痫症发作了，才出了意外。"诗曼妈妈边说边用手背擦去女儿脸上的泪水。

"是吃了猫薄荷，老师说了，那是猫毒品，会让猫乱翻滚。"

"相信妈妈。那只猫明明是见到老杨倒下了，才跑过去的。"

"真的？"王诗曼抬起头，用怀疑的目光望着妈妈。

"是的。那天下着雨，我看到老杨朝对面棋茶馆走着，猫跟在他左边，货车来了，猫一下跑到前面去了，但老杨受了惊，癫痫发作了，倒在了雨里，猫又朝着他跑过去，估计是那时被楼上的你看到了，就是这样。"诗曼妈妈郑重其事地说，乌黑的眼睛里充满了温柔的爱意。

"猫呢？"王诗曼弱弱地问。

"不知道，慌乱中跑掉了吧。——对了，上午我不小心碰倒了录音机。里面的猫叫声是？"诗曼妈妈问。

"杨爷爷家的猫叫声。——妈，我想找到那只猫。"

8

张姐回来取东西，顺道去王诗曼家道别。

王诗曼一言不发地坐在窗前发呆，只有诗曼妈妈和张姐寒暄了几句。

"小姑娘，我在我家楼上一个抽屉里发现了一个旧本子，里面有你和猫的画。"

"真的吗？还在那里吗？"王诗曼扭过头问。

"想要就来拿走吧。"张姐说完出门。

王诗曼跟着出门。

取到画，王诗曼露出笑容，两片薄薄的嘴唇在笑，长长的眼睛在笑，腮上两个陷得很深的酒窝也在笑。

张姐看着王诗曼，小女孩白皙的皮肤看上去如同鸡蛋膜一样吹弹可破，在光的照射下显得更加可爱，又长又密的睫毛像两把小刷子，樱花般怒放的双唇勾出半月形的弧度。

"你笑起来真好看。"张姐笑着说。

"是吗？谢谢。"王诗曼红着脸低下头。

"有个问题啊，你家阳台摆的植物是？"张姐问。

"猫薄荷。"王诗曼回答。

"看上去长得不太好。"张姐假装不经意地问。

"猫吃光了。都吃光了，怪我。"

"你很喜欢猫吗？"张姐其实心知肚明。

王诗曼抬起头说："嗯，只是夜里有猫在哭。"

"前几天夜里有猫在哭，不过我马上走了，以后也听不到了。"张姐不知道该怎么形容。

"嗯。那我回去了。"

张姐望着王诗曼离去的背影，感叹时光飞逝，想起年轻时的自己。她和母亲相依为命，八年前母亲病重，她高中没毕业就在家照顾母亲，虽说一年之后母亲还是病逝了，但她并没有继续上学，而是靠一家小茶馆勉强维持生计，三年前认识了现在的男朋友。她翻开手机相册，里面绝大多数都是她和男朋友的合照，偶尔有一只猫闯入他们的合影。

　　一个星期后，王诗曼家里多了一只大白猫，一双大眼睛像两颗透明的绿玛瑙，脚掌软软的，脚底几点圆圆的肉垫。它长长的尾巴绕着身子，可以卷成一个圆雪球。她上学时，它就眯着眼睛蹲在地上打盹儿。她放学回来，它就精神起来，飞奔过去。她这些日子变得开心了不少，像之前那样爱笑了，跟妈妈的话也多了起来。妈妈说这是张姐特意送给她的。

　　诗曼妈妈出门，撞见街道处的大妈神色慌张地走过。"大妈，什么事这么急啊？"

　　"前面街道啊，又死了一只白猫。"大妈焦急地说。

　　"啊？怎么死的？"诗曼妈妈一脸震惊。

　　"听说是被人折磨死的，浑身是伤。"大妈欲言又止。

　　王诗曼在二楼跟猫玩，花盆里的植物换成了对猫咪无害的金银花。她抱起猫，猫就用粉色的舌头舔起她的手，还发出喵喵的叫声。这时，楼下传来低沉的声音："小诗曼，来听我学猫叫吧，我已经完全学会喽。"

过　客

1

　　夜厚了。一街底气不足的路灯渐次亮起。邓妮拉着带轱辘的音箱挺胸走过，身后跟着一只泰迪。她扎着焦黄的头发，穿着浅绿色的衬衫和简约的白底红波点长裙，腕上戴了一串蜜蜡。她在一盏最亮的路灯下停住。音箱里响起邓丽君的歌曲，她缓缓地随着旋律扭动肢体。

　　街道上的所有人都认识邓妮。邓妮可是出了名的镇花，好几个正当年纪的帅小伙都曾追求过她，但全部以失败告终。

　　二十世纪九十年代初，从南方吹来的时髦风撩拨着少男少女的心。蛤蟆镜、蝙蝠衫、紧身衣、喇叭裤，怎么拉风怎么穿。一到晚上，就有年轻男人扛着收音机大摇大摆地过街，漂亮女孩经过时，就拦住她的路，问道："妹儿，有对象没？看哥咋样？"女孩骂句"臭流氓"，然后捂嘴笑着离开，他们也不追，继续招摇。

邓妮不赶潮流，烂大街的衣服她通通不喜欢。她呢，醉心于收集杂志画报，对着封面模特或明星穿的衣服款式，自己动手裁剪。夏天的时候，邓妮喜欢穿衬衫和长裙，波点的、格子的、条纹的。冬天的时候，她喜欢穿毛呢子大衣，或者皮质小外套，极少穿臃肿的棉衣和羽绒服。不同的大衣，她会搭配不同的围巾。那些围巾有时被她随性地搭在脖颈上，有时被她沿着脖颈松松地绕上几圈，然后在前襟处系上一个好看的结，她称之为"美人结"。

邓妮穿着漂亮衣服出门，穿梭在深浅不一的巷子里。一路上总有一些脑袋探出门来。院子里种的石榴、桃树、玉兰，门口摆的鸡冠花、月季花、栀子花，所有的花都被邓妮比下去了。"邓妮来了，她比花还娇呢。""真好看啊！"听到这些，邓妮心里美滋滋的，仿佛踏着一朵幸福的云，脚步更轻盈了。

其中一个叫秦小猛的，就被邓妮吸引了。他家和邓妮家共用一口井里的水。秦小猛是秦家独苗苗一个，整天吊儿郎当，连他爹费心托人找的工作也不要。戴墨镜、大背头、牛仔裤，成天和几个酒肉朋友左右瞎逛，是街道上的"弄潮儿"。总之，秦小猛就是镇上的"反面教材"。一些家长用他来警示孩子："长大了学谁都可以，就是别学秦小猛。"另一些家长用他宽慰自己："我家娃不爱学习，但好歹不出门作怪，不像他秦小猛。"

有一次，邓妮在街上撞到了秦小猛。

"叫哥。"秦小猛挑一挑眉毛。

"不叫。"邓妮扭头走。

"叫哥。"

"松手！"

"我亲了。"

"别别别，哥！"

邓妮落荒而走，身后是一片起哄的掌声和口哨声。

"小崽子，等着，我告诉你老娘去！"邓妮在心里骂着。

二十二岁，邓妮在当地最大的服装厂里当会计，每天骑着一辆小巧的自行车上下班。"丁零——"圆圆的车铃轻轻一按，声音清脆悦耳。好像她最好的青春年华，就是骑着自行车上下班。

一次，天已经黑透了。邓妮小心地骑车往家赶。路上她还在琢磨等发工资了就去供销社买条蹬腿裤。那些人腿又粗又短的都敢穿，她这腿又长又白的为啥不敢？她就是要穿，好让旁人看看啥叫真正的美腿。

邓妮想着想着就笑了，没等她笑够，车子后座就被街头的小混混一把抓住。邓妮"啊"了一下，紧急刹车，右脚着地，还好停住了。

"老妹儿，吓着你了。"

"你干吗？"

小混混打开火柴盒，捻起其中一根，"哧"的一声划亮，把嘴上叼的烟点燃，用力吸一口，吐出一口烟，理直气壮地说："请你，看电影啊！"

邓妮不理会，要走，小混混拉着车后座不撒手。这时，秦小猛不知道从哪里冒出来。"你动她试试？活腻歪了！"混混知道秦小猛是个狠角色，一声不吭地走掉了。从此邓妮对秦小猛的态度变好了很多。

秦小猛过生日那晚，悄悄喊邓妮过去。邓妮没推托，想着人情总是要还的。她特意穿了一件白色的连衣裙，那是她自己裁剪做的，裙摆很大，转个圈像把伞。"让街上那些不懂时髦的女孩都见见，咽口水去吧。"

邓妮还给秦小猛织了一副手套，算是生日礼物。又想到男大当婚女大当嫁，邓妮怕单独去被人讲闲话，所以拉上了自己最好的朋友王慧慧。这王慧慧答应去可是有条件的，那就是邓妮要买布料给她做一条同样好看的白色连衣裙。

秦小猛把邓妮和王慧慧领到一个鲜少有人光顾的旧加工厂里，那里能容纳三四十人。顶层挂着紫色和粉色的拉花，灯全部用红布蒙起来，高处的窗子都糊着报纸。为秦小猛庆生的人还挺多。男的穿着各式各样的花衬衫，女的打扮着各种发型，戴着大大的耳环，穿着布拉吉连衣裙。

王慧慧看得直掯眼睛。王慧慧是小学一年级的老师，个头不大，在小孩子面前有端庄样儿，但放在这儿就显得格外死板无趣。邓妮以为王慧慧不喜欢待在这里，马上说送完礼物便走。可王慧慧的好奇心却变成了钉子，把她的双脚都钉死在原地。"没事儿，不急。"

秦小猛向邓妮这边走来，看上去他着实打扮了一番。皮鞋抹了油，白衬衣是新买的，领角尖锐得简直能戳穿下巴。邓妮正愣神呢，不知怎么就被秦小猛抓着胳膊走到房屋中央。四个喇叭一开，慢四、快三、伦巴，美妙的音乐把房间整个灌满。邓妮不会跳舞，随着秦小猛的脚步走，慢慢地，她跟着旋律转起来，裙摆开成了一朵花。

警察什么时候冲进来的，邓妮不清楚，只记得手电筒的光直射在她脸上，音乐声停了，有人在逃跑，有人在尖叫。

　　那时候镇上还没有公开的歌舞厅，跳舞是需要被清除的精神污染，被逮住的人是要送去劳改的。邓妮和秦小猛等人被铐起来带进了派出所。秦小猛因暗地组织舞会有伤风化被判处有期徒刑两年。王慧慧等人也被判了一个月到三个月不等的劳动改造。邓妮却因秦小猛做证她是被强迫抓来的，经一顿教育后无罪释放了。

　　那天之后，邓妮成了众矢之的。王慧慧家里人来闹。邓妮妈相反，冲到屋外理论："我姑娘我最清楚，她有什么带坏风气的？"对王慧慧妈，她更加不理亏："我说没说过别让两个丫头一块儿玩？你不听劝。吃个教训，不晚！"邓妮妈边说边用黄头巾拍裤子上没影的尘，她就是要把护犊子结结实实地拍给他们看。王慧慧妈被拍得直后退，嘴里骂"什么样的母鸡下什么样的蛋"。

　　邓妮妈还来到服装厂，在厂长办公室里磨了半天，从女儿出生说到长大成人，颠来倒去其实就一条——警察都判邓妮没罪，厂里就不能随便处分人。真要是处分，那她一家老小保证吊死在厂长家的门框上。厂长吓了一跳，多大事呢，寻死觅活的。最后双方达成一致，邓妮可以不被辞退，但也干不成会计了，派她到车间去整理布料，反正她也不是好会计的料。

2

　　邓妮只求日子赶快过。镇上不缺可以嚼舌根的家长里短，谁会一直抓着她不放？只要时间够长，天大的新闻也会烟消云散。但她没想到，林小贤居然知道了。

　　林小贤是邓妮的秘密对象，也是她傲娇的底牌。印象中林小贤个头很高，还很瘦，皮肤也黑，像只褪了毛的猴子。他在外面当兵，还有两年复员回来。两个人是双方家长介绍认识的。林小贤对邓妮是一百个满意，邓妮觉得林小贤也不错，嫁个军人，看谁还敢欺负她。

　　林小贤在部队里每周都来信，一年到头不间断，贵在真诚。比如他在信中写道："别看我俩有距离，其实呢，你每天都在我身边儿。是吃饭想你，睡觉也想你，甚至洗澡都在想你。有时候啊，我还会突然回头，看看你是不是就在我身后。"

　　邓妮看完哈哈大笑，日子久了，林小贤这个人竟一笔一画地刻在了自己心里。一年的来往后，两个人在信中确定了关系。林小贤特意请了探亲假回到镇上，带着邓妮玩了两天。虽然是镇上熟悉的风景，但邓妮觉得，风吹过来都是甜言蜜语。后来，林小贤带着邓妮去了一家宾馆，满满一屋子的暧昧空气。二十多岁，干柴烈火，邓妮没熬住，半推半就间和林小贤发生了关系。事后，林小贤喘着粗气，捧着她的下巴壳说："这一辈子，认定你了。"她感动得差点流泪，心里骂自己真是没出息。

　　邓妮对密友王慧慧提起过林小贤，她害怕林小贤会抛弃她。王慧慧不信，镇上一枝花，宠都来不及，怎会见异思迁？邓妮皱着眉担忧，林小贤入党了，后面还要考军校。倘若考上了，那就前途无量，又年轻又俊俏的好姑娘从门口能排到大街上，她又算哪根葱呢？高中肄业，街道小厂，除了模样尚可，还有什么让人眼红的资本呢，何况她已经是他的人。

　　最后一句，邓妮牢牢地锁在嘴里。目前的好朋友日后不一定要好，有些事还是不说最好。若邓妮真到了被抛弃的那一天，也能少一分出洋相的机会。

不知道后话的王慧慧还是把眼珠瞪得老大。"他敢！你到时候拿着信闹到部队里。"邓妮惊诧于一向本分的王慧慧竟有如此心思，而王慧慧同样讶异，看着精明胆大的邓妮，咋连最简单的手段都不会。

林小贤顺利考上军校。他给邓妮的信也从一周一封变成了三周一封。虽然两个人见面更少了，但情深义重都写在纸上，总不能是假的吧。对邓妮而言，最好的做法是踏踏实实等他毕业，然后两个人立刻结婚。

被警察带走的时候，邓妮吓得半条命都没了。最担心事情闹大，影响她在林小贤心目里的清纯形象。所幸秦小猛仗义，她才逃过一劫。

那段时间，邓妮得不到邻里的好脸色，在厂里也抬不起头来。她做错了什么呢？难道就因为她去舞会没受处分而惹了众怒？还是众怒早就存在，只是借此机会释放出来？日子难熬的时候，还好有林小贤的书信可以支撑。流言蜚语又不掉肉，等林小贤回来就好了，到时候风光一嫁，带丈夫在街上溜几圈，看谁还敢嚼舌根。

有了念头，日子就好过多了。邓妮专心干好手里的活儿。下班后她就待家里研究衣服款式，琢磨结婚那天穿的嫁衣。红色最喜庆，就穿红裙，市面上没喜欢的也不怕，谁让她有一双巧手呢。可以买一台缝纫机，林小贤信上说学校给他的津贴都攒着呢，可以寄给她。她之前没要，是不想就被人低看。可她自己攒的钱又不够。最后她少要了一点。反正缝纫机将来是要陪嫁过去的，不算占婆家便宜。

邓妮天天谋划着，连新婚夜点的蜡烛和每天三顿的菜谱都规划好了。千算万算，她就是没算到林小贤在山上坠落山谷，摔断了腰，别说干重活，就是走路都像抽了脊髓，软绵绵的，随时会被大风吹走。

与此同时，镇上传着邓妮是克夫扫把星的流言蜚语。邓妮伤心欲绝，大病了一场，两天两夜发高烧。她缩在被子里，嗓子都快哭没了。爸妈都蒙了，真是撞了邪，怎么霉运像长了眼似的找过来。他们去菩萨那里烧了高香，还去祖坟摆了供果，祈求祖宗保佑一家安康。

邓妮除了上下班，就关门闷在家里。外面旧房屋拆迁，工厂改制大发展，后山植树造林，民营企业兴起，桩桩件件都是民生大事。每天早上，一辆辆车从巷子里鱼贯而出，生龙活虎地奔往各个工厂。

"剪刀、石头、布！剪刀、石头、布！"邓妮左手出了剪刀，右手出了布。左手赢了右手，她终于有了主意。

下了大巴车，邓妮只身寻到林小贤的家中。屋里的摆设与镇里不同。窗台边有一张墨绿色的沙发，旁边配套的是一张小型石板茶几。茶几上有一个玻璃花瓶，里面插着几支淡粉色的玫瑰。邓妮走到卧室门口，看到床上铺着大红色的床单，被子整整齐齐叠着，像两个豆腐块。

和想象中的不一样，邓妮很快就结婚了。她穿的也不是定制的红色婚服，而是一件租来的婚纱。除了爸妈和要好的亲戚，没有更多人前来祝福她。

几年后的一个夏天，邓妮才又回到镇上。她梳着高高的马尾，穿着白色连衣裙，一双黑色高跟鞋衬得她更加身姿挺拔。她让出租车司机把车开到家门口，后备厢里堆满了海鲜和水果。街坊四邻闻声赶来，看着邓妮一箱一箱往家里搬，最后她把一大盒巧克力分给孩子们。孩子们手舞足蹈地欢呼，叫着漂亮姐姐真好。她还带回来一个跳舞用的大音箱，羡慕得那些嗑瓜子凑热闹的人不要不要的。啥叫扬眉吐气，这就是了。有些女人表面喝彩，背地里却在较劲儿："这个邓妮，不就靠男人吗？不像我们，活该吃苦受累，谁让我们是正经人家，正经女人呢。"

邓妮的钱哪里来的？有人说邓妮傍上了大款；有人说邓妮给人当小三儿，她除了把漂亮当本钱还能有别的办法吗？这么说话，她们就舒坦多了。她们穷，但清白，天天吃着白菜豆腐，也可以评论天王老子。

邓妮听说秦小猛回家了，本想白天去看他，但他家里来了好几拨人，笑脸贴上来不少。有送鸡蛋的，有送自家地里种的萝卜韭菜的，好像秦小猛不是出狱，而是从医院里出来的。总之，大家都表示没让秦家两老吃亏委屈，特别是那些占了秦家地盘得到恩惠的，那副嘴脸，让邓妮生厌。

邓妮是赶着天黑人少时来到秦小猛家门口的。走廊里的声控灯暗了明，明了暗，她最终没进去。她想，两年里她既没探视也没照顾秦家老两口，哪里有资格去见他呢。再说当年他把她择出去，即使有着情义，也多半是江湖义气。何况，她已经嫁给了林小贤，还是保持距离的好。

3

邓妮的钱不是靠男人得来的，也不是大风刮来的。几年来，她卖过馒头，当过保姆，给烧烤店穿过串，帮服装店扛过大包，只要能赚钱的活儿她都干。林小贤虽说不能再当兵，但他是工伤，抚恤金也够全家吃个几年了。眼下最重要的是看病，这比啥都重要。

虽然做好了心理建设，但邓妮闻到医院里特有的气味，还是有些发怵。她站在院子里，对着天空发呆。云朵排成长条形，像一列列吐着白烟的火车。过了半辈子，她还是操劳受累的命。她向右看去，林小贤就那样歪着脖子坐在轮椅上，面色蜡黄，头发很短，嘴唇上的一小撮胡须，像小刺猬身上的刺。

突然，林小贤像被雷劈了一样，浑身一抖。"啊！啊！"他的声音比炉子里的炭火还要烈。一阵刺痛感从内心深处袭来，像电流迅速传遍全身，针扎火烤地痛。在他眼里，周围长满了枝繁叶茂的怪树。怪树不断疯长，向上延伸，枝干直通天际。树根则向下蔓延，钻入土壤深处。红色的小花在枝干间蓬勃生长，密密麻麻的，像火。无数根藤条宛如一只只细长的手向他逼近，死死缠绕住他的脖子。

"别怕，别怕。没事的。"邓妮用劲推着惊慌失色的林小贤回到房间。倒挂的吊瓶跟着摇晃起来。林小贤努力伸出双手，像电梯门般向两侧移动，然后屏住呼吸，身体前倾，摸着自己毫无知觉的腿。

"啪——"林小贤闭上眼，劈头盖脸地打了自己一耳光："让我死吧。"

"不想活了，是吧。那我们一起去死好了！反正活着也没什么意思。"邓妮失控地喊。林小贤的眼珠胀得厉害，像两颗成熟的豆荚，风一吹豆子就会从里面蹦出来。

"我是个累赘，是个废物！"林小贤攥紧拳头接着说："死了。两个人，都解脱了。"

邓妮听到的每一个字都让她钻心地疼，心底冒出来绝望的气泡，小气泡迅速膨胀，越来越多，最后充满整个心脏，"啪"的一声爆裂了。

"该做检查了。"医生推门而入，邓妮背过脸擦干眼泪，温柔地把林小贤的被子裹好。每天都有医生给林小贤做各种各样的检查。他头上连着脑电图仪器，手腕和腰上也贴着号称最先进的探测器。冰冷的金属仪器贴着皮肤，电流刺激着脑神经。粘在肉上的胶布，撕下来的时候看着都疼。有次林小贤发作时，护士拿着镇定药冲了进来。

邓妮清醒地记得，那些可以控制情绪的药是怎样冰冷地注射进林小贤血管的。她想，要是痛苦也能这么从身体里流出来该有多好啊。事实相反，她的痛苦似泥石流，沿着全身血管狂奔怒吼，一点点瓦解她的防线。

天气好的时候，邓妮推着林小贤在康复中心的院子里晒太阳。病人们各有神态。有的对着一个空鱼缸玩钓鱼，有的人在和植物对话，还有的人指着中药罐说："这火锅可真难吃。"

压抑久了，邓妮就一个人坐在草地上，抬头看看天。她觉得自己似乎跟生活脱离开来，如同一节被甩出铁轨的车厢，在黑冷的角落里艰难地存在着。

"林小贤都坚持了五年，怎么突然不想活了？"医生后来这样问。

邓妮面露叛色："我就是想要个孩子嘛。"

"孩子？"

"对。我丈夫是有生育能力的，只是，不能通过正常的夫妻生活让我怀孕。"

"所以，你想人工授精？"

邓妮的脸和耳根火辣辣的。她曾经粗暴地脱掉丈夫的内裤。丈夫手上青筋暴起，不停地推开她。但她狠下心来，坚持把手伸向男人最隐秘最介意的地方。丈夫在床上扑腾了半天，最终闭上眼，不再动弹。她抬头看了一眼丈夫，额头上冒着汗，眼角有泪珠滚了下来。那一瞬，她崩溃了，跑到门外埋头大哭。想起第一次床第之欢，丈夫的身躯是那么健硕，如今却像根软面条。羞耻和痛苦层层包围着她，脸颊上的泪珠像没关紧的水龙头，大滴大滴地落下来。那一次，她好像把这辈子的泪水都哭干了。

医生慢慢拉起邓妮的手，语重心长地说："你们还有爱，生活会好起来的。"

4

林小贤去世的那年，邓妮三十三岁，秦小猛三十四岁。有好事者来做媒，反正两个人都单着，又知根知底，凑在一起，也算成全一段佳话。

秦小猛爸爸介意邓妮结过婚，秦小猛邀邓妮到他的酒馆小坐，喝着二锅头，嚼着花生米，追忆着往昔或真或假的峥嵘岁月。

"妹儿，有事找哥哥，会帮你的。"

"你的意思，我知道了！"邓妮松一口气。

两个人婚事没成，王慧慧妈倒是把整件事张扬得整条街都知道了："小妮要变老妮了，准备一辈子当个寡妇了。"邓妮妈忍不下这口气，想出门理论，被邓妮爸拦在门口。一辈子争强好胜，没想到最后活成了别人口里的笑话。

邓妮是个漂亮女人，只可惜克夫，镇上时常有这样的声音冒出来。邓妮听到，也不生气。她安分守己，比教书育人的王慧慧还要身正影直。有时候她在想，是不是年轻时过于招摇，过于让人眼红，才落得这般田地。

邓妮三十五岁那年，爸妈在同一年撒手人寰。邓妮爆发出一阵悲痛入骨的苦笑声，那不折不扣是一个中年女人被生活撕裂和嘲弄的笑声。她撕心裂肺地从家门口哭到巷子口，觉得自己彻底没人疼了。二老知道女儿能干，生活上不愁什么。他们的担心虽然没讲出来过，但邓妮心里清楚。

很长一段时间里，她晚上睡不着，白天没精神，靠着惯性维持着工作和生活，在每一秒里，感受着孤独顺着指甲和头发一点一点生长。她深刻地体会到一秒钟有多漫长。压抑许久的悲怆、不甘和愧疚在每一秒里不断加剧，难以描述的痛苦在心口乱撞，撞得她喘不过气来。"原来时间不会冲淡痛苦啊。"她边说边捶打胸口。

月光盛大的夜里，邓妮坐在床上，深藏的记忆像井底的水，被水桶上的绳子渐渐拉出地面，历历往事也如喷泉般猛烈地冒了出来。她依然记得最后见到林小贤时，他面色苍白，嘴唇紧闭，胳膊和脖子上的静脉微微凸起，像细长的树枝，眼珠深深地凹进眼窝，神情仿佛在说他想挣脱这副躯体。她抓起林小贤的手，冰得像玻璃杯。邓妮手足无措，林小贤张嘴小声地说了三个字，也许是"对不起"，也许是"活下去"，又或者是"忘了我"。邓妮的呼吸像掉入沼泽一样艰难，耳旁好像有无数只小蜜蜂嗡嗡地叫着。许久之后，她才意识到床上人的死亡。她慢慢捧起林小贤的右手，对着他的手心不停地哈着气，还把自己的脸紧紧贴在他的手掌上。"活过来，活过来……"她小声地祈求着，一滴又一滴的泪珠从苍白瘦削的脸上滑下，红肿的眼睛像被雨水打落的花瓣。

邓妮想清楚了，她当初和林小贤在一起，除了喜欢他的真心实意，还因为在她家最困难的时候，他曾倾囊相助。所以她对他的情感里多多少少有点报恩的意味。

凌晨五点，天空黑魆魆的，树冠的轮廓朦胧可见，鸟雀们在凋敝的树枝上呼朋引伴地鸣叫，仿佛在提醒邓妮新的一天就要开始了。邓妮认真洗漱一番，找出她最喜欢的白色连衣裙，涂上口红，束起马尾，像那天她载着满车海鲜水果轰轰烈烈地回家时一样威风。她要对过去的自己揭竿而起了。

那天，骄阳似火，阳光打在脸上，邓妮感到久违的温暖。她一步一摇地走在路上，默默地看着镇上的大变样。小路口变成十字路口，水泥地变柏油路。像是一夜之间，旧房子被连根拔走了，一幢幢楼房从天而降。几条主干路都拓宽了，靠路边的店铺广告牌光彩夺目。小孩在街上跑着闹着，整个镇上变得前所未有的热闹起来。广场上有一大群中老年人眉开眼笑地跳着舞。经过秦小猛的酒馆时，她看到里面坐着很多人。没想到，曾经的坏学生如今成了人人称赞的好榜样。"以后你要多学习小猛哥，成家立业做生意，样样有出息。""生子当如秦小猛！"看到秦小猛的变化，邓妮的信心又回来了，"我心灵手巧，还怕活不下去吗？"

再后来，邓妮开了一家裁缝店，重整旗鼓，足以谋生。秦小猛怕她冷清，送了她一只泰迪。还在外面放话，谁要敢欺负邓妮，就是跟他秦小猛过不去。凭着邓妮的手艺和认真，裁缝生意渐渐好了起来。同一年，秦小猛爸爸病重，是邓妮忙前忙后，帮秦家打理诸多事宜。

"我相信你是个清清白白的女孩。你要不要，和小猛在一起？"秦小猛的爸爸郑重其事地说。

秦小猛握紧邓妮的手。邓妮感动得说不出话，点点头。

结婚后，邓妮和秦小猛很是恩爱。之前关于邓妮的种种流言也消失了。她过上了平静安稳的日子。只是，她总是想起从前。有时她在房间里随意地跳舞，她会怀疑爸妈就站在背后为她鼓掌。有时站在镜子前，她好像看到自己赶在日头落山前一路骑行回家的场面。

日子在不经意间过了十年，如今很少有人会议论邓妮了。从前镇上那个最漂亮的女人消失了。取而代之的，是一位勤劳贤德的主妇。

一天，就在邓妮纳鞋底的时候，久不相见的王慧慧拎着一条新裤子前来"光顾"她的生意。"邓妮从前是我们镇上最漂亮的女人。她有一双巧手，做的衣裳穿在身上，像仙女一样。秦小猛多喜欢她呀，两个人的日子红红火火的。"量身，画线，裁熨，折叠。整个过程只花了十分钟，王慧慧却口若悬河地对着边上的顾客讲了很多。邓妮只是笑着。

送走王慧慧，邓妮想起年轻时候的自己，鹅蛋脸，杏眼，眉目清澈，似乎一整季的雪水都融进了眼睛里。对着镜子，邓妮左右打量自己，束在脑后的头发有些稀疏，两边的颧骨也突了出来，眉心两道褶痕，但不妨碍她的美。她熟练地拈起布料，坐在缝纫机前，又开始忙碌起来。

夜厚了。邓妮拖着音箱，走在流光溢彩的人民路上。她扎着焦黄的头发，穿着浅绿色的衬衫和简约的白底红波点长裙，腕上戴了一串蜜蜡。她在一盏最亮的路灯下停住。音箱里响起邓丽君的歌曲，她随着旋律缓缓地扭动肢体。

来世间一遭，为欢几何？谁人不是匆匆过客呢？

看不见的"伙伴"

　　如果一个长方形的木箱子摆在你的面前，上面贴着一张纸条，写着"请勿打开"，你会想打开它吗？答案通常是肯定的。

　　我乘坐的客船已经驶离了黄埔港地区，正沿着航线去往印度西部的港口城市——孟买。作为印度第一大港口城市，孟买的繁华程度丝毫不亚于首都新德里，且它是印度的商业和娱乐业之都，还拥有众多金融机构。我此行目的，是为了和孟买一家证券交易所商谈合作。

　　我有一种打开木箱子的冲动。

　　"米尔扎，快来！"

　　听到声音，我心头一紧。我的"伙伴"也重复一遍："哎哟，是米尔扎。"我立刻放弃了打开木箱子的念头，赶紧坐回自己的座位上。

　　我斜着身子，用余光瞥见五个青年（三男两女）缓缓走来，然后在离我三米远处的不锈钢桌子处分成两排相对而坐。我仔细观察了两个女孩的长相。她们都不是我所认识的米尔扎。

一位男青年打开了木箱子，从里面抽出五条可以绑在头上的贴纸。他们把贴纸戴在头上，然后互相撕去表面的乳白色塑料纸，每个人的脑门上就露出了一位人物的名字。我心中的疑惑当下消除，原来他们正在玩猜人名的游戏。

"没猜出来的人，要罚一杯红酒哦。"

我静静地坐在旁边围观着他们的表现，桌上摆着一壶刚沏好的印度阿萨姆红茶。

"开始喽。他是美食家。"

"他是书法家。"

"他的文章出现在中学课本上。"

"注意，听说他有个妹妹。"

听完四个人的提示，我的大脑飞速运转，几个人名出现在脑海里：王羲之、齐白石、袁枚、陆游。这些候选人都满足其中一两条，却不能满足所有条件。

猜谜者说出一堆名字，都不对。

"脸皮简直比城墙还厚。喝酒吧你。"

"故意错这么多，装喝醉了，最后让我们埋单呗。"

罚过酒，猜谜者取下头上的贴纸揭示谜底："原来是苏轼。失敬失敬。"

我恍然大悟，同时觉得不能怪猜谜者学识浅薄，其他人若想让猜谜者喝酒，那提示就不能太明显。

"要是你去玩儿，桌上的酒够你罚的吗？你铁定醉了。"我的

"伙伴"小声嘀咕着。

游戏接着进行,轮到那个叫米尔扎的女孩猜谜。

"他胡子很长。"

"他得病去世了。"

"他有经典著作。"

"他爱而不得。"

米尔扎思考了三秒,答案便脱口而出:"是尼采。"

"哇,不愧是米尔扎,一下就能猜对。"

除了我,所有人都鼓掌了(包括我的"伙伴")。我在心里为米尔扎鼓掌。她的博学和聪慧令我折服。

米尔扎绘声绘色地讲述着尼采向俄国的莎乐美求婚的过程,谈论名人故事对她而言就像做算术题一样简单。五个青年边喝酒边聊天,陆陆续续讲了成吉思汗、武则天、拿破仑、亚历山大等人的逸事。真是个美妙的夜晚!每个人脸上都泛起了红晕。我像个看话剧的观众一样,沉浸在他们的游戏里。当他们起身回客舱时,我才意识到桌上的阿萨姆红茶已经凉掉了。

"喂,还意犹未尽呢?想念老情人了吧!"

"伙伴"的一句话让我清醒过来。我意兴阑珊地来到甲板上,站定,目视前方,海面很壮观。海风吹在脸上,历历往事随风涌上心头。

人生就像打游戏升段位,我不是最强王者。我应该是在中等偏下的黄金位置。在我有限的生命体验中,每次遇到困境或尴尬,我的"伙伴"都在场——比如考大学,比如颓废,比如恋爱和失恋,比如找工作以及此刻。

先来说说得知自己考上大学的那天，那是我人生中的高光时刻。父亲兴奋得蹦起来，挥着双手，每条筋都在律动。母亲则捂着嘴哈哈大笑，骂父亲发疯。第二天，亲戚邻居们来家里观摩我的课本、笔记和模拟试卷，说是沾沾灵气。为了庆祝我考上大学，母亲张罗了一大桌子菜，还说："你们知道吗？我十几年前在老院里种的苹果树，一直不开花，今年年初开花了。真的是好事要来了。"我边笑边打量着母亲。她穿着新买的带刺绣的衬衫，戴着平时舍不得戴的玉手镯，把自己打扮得精致明丽，还把父亲衣着从上到下都更换一新。那天高兴，父亲喝了半斤白酒，要知道平时他的酒量不过二两。用他的话说，酒不足以醉人，是耳旁此起彼伏的好听话让他醉了。国内重点大学，放眼望去，整个小镇能有几个人考得上？这可是锦绣前程的通行证，是祖坟上冒了青烟，是他老唐教子有方！接下来，儿子保研、出国，或者在大城市里安家立业，只要不待在家里啃老，那就是出人头地，就是为唐家增光。

这时，我的"伙伴"从背后冒出来，说："唐俊锋，好汉可不兴提当年勇啊。"

上大学那年，我刚满十九岁，身高一米七五，眉清目秀，鹰钩鼻，还有一对若隐若现的酒窝。因为平时跟人接触不多，又很斯文，在同学眼中我是只会读书的乖学生。或许在小城里，只要不荒废学业，不去蹦迪开轰趴，而是屁股稳稳坐在凳子上，跟课本和试卷死磕，最后一鼓作气顺利考上一所好大学，这就是父母和老师眼中的乖学生，让他们脸上有光。

大一放寒假回家的时候，寒风削面，父母巴巴地站在车站门口等我。父亲的脸比平时柔软了不少，两条胡子像一对括号。母亲站在他右侧，头发染成棕黄色，衣服是栗色，整个妆容很端庄，眼里含着温柔。

虽然相隔十五米远，但我们的目光撞上的那一瞬间，大堆黏糊糊的拥挤的路人似乎统统靠边站了，世界上只剩下父母和我，有种开天辟地的错觉。母亲立马抬手示意，我也配合地挥挥双手。

"快，一路小跑，双向奔赴。你们会抱在一起！"我的"伙伴"大喊着。

期待落空。父母抢过我手上的行李箱和书包，说一句："坐了一路车，很累吧。"然后我们就往家赶。路上，母亲讲她买好了新鲜鱼虾，就等着到家后蒸了煮了，全家美餐一顿。父亲也附和着，说家里是最舒服最自在的，说我半年没回，家里都冷清了。那个时刻，我耳朵有点酸，寻常的话从不苟言笑的父亲嘴里讲出来，怎么听着像甜言蜜语？

贪吃贪睡是我对那个寒假残留的印象。搁以前，放假我是要多看书和练习才艺的。从小学起，父母就给我报课外班，有时候学素描和书法，有时候练钢琴和跆拳道。除了钢琴我确实没天分，其他都小有成绩。素描和书法在省级比赛得过奖，跆拳道拿过全市比赛的第二名。直到高二那年，这些课外班才取消，母亲还宣称："我儿子啊，是北大的好苗子，不好被才艺耽误了。"

"听见没？你可是——北大的好苗子！"我的"伙伴"大声说。

"听听，你说的像人话吗？"说完我憋不住笑了。

凡事都有概率一说，怀孕是概率，吃错药是概率，出门踩上西瓜皮也是概率。我的高考成绩并不低，但上北大还是差了一点，毕竟全省统共招的人也就几十个。在复读和去其他重点大学之间，我徘徊了许久。"伙伴"趴在我耳边告诉我："你没有勇气复读的！"我一下子被敲醒了。似乎从那时候开始，我就不想当个乖学生了，我想快点到大学里去，听说大学很自由，是真正独立生活的开始。

我选择了南方的一所重点大学，读经济专业。在那里，我认识了米尔扎。我们都在金巧手美术社团。米尔扎是一位印度留学生，但她中文非常厉害，是班上的学霸。我在图书馆里除了看到她借书阅览，还看到她整理书架，猜想她做着勤工俭学的工作。

米尔扎有着宝石般的大眼睛、厚嘴唇、高鼻梁，梳着低马尾。她穿着米色西装，内衬平整的白衬衫，背一个小小的红色的包，散发着特有的异域魅力。在我看来，生活里的她更像个才艺女王，能跟着劲爆的音乐节拍蹦跳，分分钟把身边人拽入新世界的大门。

从米尔扎那里，我几乎全方位了解了孟买这座城市。孟买港是一个天然深水良港，承担了印度超过一半的客运量。孟买的打工人每年工作超过三千三百个小时，居全球之首。孟买人吃东西直接用手，但左右手有明确分工，一只手吃饭，一只手上厕所。在孟买或者说在整个印度，牛是很神圣的动物，牛横穿马路时车辆都得闭嘴（禁止鸣笛）。听米尔扎说这些的时候，我就在想，什么时候能去趟孟买呢？那究竟是个什么样的环境，才培养出这样的米尔扎。

我问米尔扎对中国感受如何，她告诉我中国的教育和环境都很棒，最满意的地方是，中国人对女性非常友好和尊重。听到这里，我有一种被别的小孩家长夸奖自己孩子一样的幸福。只不过，她是素食主义者，没有福气享受所有的中国美食。

"米尔扎，你当初为什么来中国？"

"你喜欢米尔扎。"我的"伙伴"直戳戳地瞪着我。

"我爷爷，是华人。在中国，留学费用不像美国和欧洲那样贵。中国，很多工作机会。"

"米尔扎，如果你想家了怎么办？"

"快承认吧！你爱上她了！"我的"伙伴"揪着我的衣领大叫着。

"嗯，我会和家人通电话，翻以前的照片，写日记，看印度电影。"

看着米尔扎的笑脸，我莫名感到心疼。我猜她很想念家乡，于是跟美术社团的社长商量，特地找个周末为她办一个印度排灯节，大家点上红蜡烛和彩灯，一起欢歌笑语。在大家手拉着手围成一圈时，我瞥到她脸上洋溢着热烈且持久的灿烂笑容，那笑容足以融化掉最坚硬的心肠。

"完了，你沦陷了。"我的"伙伴"拍拍我的肩膀。

记忆飞到大二那个夏天，空中没有一丝云，头顶上一轮烈日，街上的树木都无精打采地站在那里。我从校外买咖啡回来，正遇到米尔扎，她正在一棵白叶子树下逗一条博美犬。米尔扎起身向我打招呼时，不小心踩到了它。接着我听到一声刺耳的吠叫，然后看到白色博美犬似乎对她的腿很感兴趣，几乎就要咬上去。她本能想要逃遁时，博美犬突然一个跳跃，嘴中还发出嘶嘶的声音。米尔扎颤巍巍地说："狗狗，好狗狗，你太萌，不会咬我，对吧?"博美犬一个恶狗扑食跳到半空中,眼看就要跃到她的面前。我一个瞬间移动,挡在她的前面。然后,我感觉有坚硬的牙齿刺进我的小腿,脑中一片空白。等我反应过来,腿上已是鲜血直流。

"让你逞强!下次长点记性!"我的"伙伴"叫嚷着。

米尔扎把我送去医院。我在医院待了两天。其间她买了一堆杧果。结果我没怎么吃,她倒是一会儿一个。每次吃杧果,她都是直接用嘴啃,然后把皮啃到最薄,似乎一丝果肉都不想浪费。核也吃得很干净,像一把梳子的柄。我笑着说:"没人跟你抢。别像个饿死鬼投胎。"她哈哈一笑:"啥叫投胎?"我说:"这辈子来到世上就叫投胎。"

米尔扎笑着递给我一个小杧果。我双手接过,眉开眼笑的。

"听啊,爱情之鸟在啼叫。"我的"伙伴"用非常怪异的音调讲。

"哪里有!我们只是好朋友。"

"最好是真的。别忘了,她来自印度,你们不可能的。"

我的腿伤疗愈后,和米尔扎的见面就变少了,渐渐的,我们连朋友都算不上了。直到大三放暑假的那天,我们才机缘巧合地又遇见。那天,暴雨来得猝不及防,米尔扎没有带伞。我们俩撑着同一把伞从图书馆一起往外跑。我把她送到宿舍门口。她让我在门口等她。几分钟后,她拿了一条新毛巾给我。

在我擦拭头发时,米尔扎突然抱住我,温柔地说:"谢谢你。"我惊呆了。那种兴奋,堪比暗恋时察觉到对方也对你有感觉。我感觉全世界就只有我们,又觉得自己想单枪匹马地给她全世界。

"你别犯傻啊!幼稚鬼。""伙伴"小声提醒我。

我没有平日里的忧虑、徘徊，那一刻的我充满自信。我紧紧地抱住米尔扎，感受着她的温暖。她拍了拍我的后背，说："你喜欢，我抱你？"

花开得最大时，总是摇摇欲坠。我自以为得到了上天垂爱，拥有了双向奔赴的爱情。很快，我被打了脸。大四上学期，我随米尔扎来到留学生的宿舍楼旁。她嘴角浮起微笑："我，快回去了。"我一下愣住了，问她啥意思。"回印度。朋友，我，来和你告别。"后来她说什么，我没听太清，大意是她珍惜我们之间的友情。

"听到没有，是友情，友情啊！"我的"伙伴"手舞足蹈地嘲讽我。

我当时慌了，没有原则地抓着她的手不放，说要和她一起去印度。哈哈哈，想起来挺好笑，跟她相比，我倒像个女人。她直直地望着我，用看起来非常真诚的眼神问"你怎么了？"

"没事。哦，再见，一路顺风。"我找回理智，转身跑开。

对我而言，令我痛苦的不是分开，而是不被人爱。我趴在桌上，小声抽泣着。"快起来，班主任开总结大会呢！""伙伴"摸了摸我的脑袋。

"什么开会闭会的，老子失恋了。"我一甩胳膊，没想到自己会讲出声。

那一下，班上同学都知道了我的糗事，我失恋的全部细节（包括同学臆想出来的细节）成为校内的公共八卦资源，飘荡在当晚的烧烤店和日后的老友局里。那段时间，我能依靠和拥抱的就是我的"伙伴"。

我的"伙伴"是社会的经验，是父母的教导，是内心深处的卑微。他的名字叫逆来顺受，叫无可奈何，叫小心翼翼，叫按部就班。我看不见他，但在我迷茫或者沉思的时刻，他总是会跳出来，理智地告诉我，什么是应该做的，什么是最稳妥的，什么是绝不能触碰的。

大四上学期，在高手如云的争夺中，我放弃了找工作，而是加入了考研大军。那时候，我和"伙伴"的关系变得十分亲密，就像鱼和水，石和山，云和天。他开导我，监督我，没有他的鼓励，我很难坚持到最后。

也许是为了弥补高考的遗憾，我报考了北大。我还特意坐火车到北京，找同学带我进北大逛了一圈。我喜欢北大校园里古典静谧的氛围，连空气都让人那么舒服。

总分数下来，我差了三十多分。考研失利，我一时不知所措。后来，我在电脑端下载了英雄联盟，每天坐在电脑前，没日没夜地玩。

"你这样不行的，要振作啊。"我的"伙伴"试图拯救我。

"去你的吧，我就要玩！"我带着情绪反驳道。

"你这是迟来的叛逆期吧。"

"随你怎么说。我玩够了自然会去找工作。"

没等自己奋起，我迎来了父亲劈头盖脸的训斥。他说的不是"恨铁不成钢"，而是"祖宗欸，你每天脑瓜子里都在想什么？几斤几两自己不清楚了？还敢报北大。"

母亲当时并没有安慰我。她对我二十多年的教育从来没变过——站在那里，默默地听着丈夫的训话。她知道父亲说的都是对的，也知道那些话一点用都没有，只会让儿子心里更难受。

父亲年轻时认识一些小五金零件供货商，从南方进了零件，再到省城里卖，凭一张嘴两条腿硬是白手起了家。母亲在茶叶厂从茶艺员做起，吃苦耐劳，认真细致，慢慢也熬成了茶艺师。在外人眼里就是这样两个能干的人，却对自己的儿子束手无策。

父亲四处找人帮忙给我找工作，请吃了几次海鲜，换来一句："我们会考虑一下的。"也不知道这"考虑一下"是三年后还是永远不会。到底是个无用功。

一个月后，我依然没有找到心仪的工作。

"先回家过年吧。工作，再从长计议。""伙伴"安慰我。

我回了家，但感受不到过年喜庆的气氛，只想着亲戚们聚会时要聊什么话题。考研落榜，找不到好工作。听上去，我真是一个热乎乎的槽点。

在唐氏大家族里有个微信群，名叫"一家亲"，老老小小，浩浩荡荡有三十号人。是不是真的亲不知道，但对八卦的讨论那是相当热烈。

在打开群聊之前，我的"伙伴"暗示我："你已经被传得很不成气候，做好心理准备，深呼吸，对，再来一次。"

"看，唐俊锋抖不起来了。以前老让我们学习他（后面配一个呵呵的表情）。"群里说话的是舅舅家的表妹。在我就业难这件事上她自认为最有发言权。她只比我小一岁，从小我俩被比着长大，早就厌烦了。好不容易高考结束，她曲线救国，靠绘画特长去了一所二本学校。去哪里上学都是上，只要没了舅妈的唠叨，表妹就觉得烧了高香。当初的学霸如今也得找门路去求人，表妹可不得奚落几句。

"你别胡说。"舅妈只讲了这一句。其他长辈默不作声。倒是几个小辈瞎闹。"看起来找工作好难啊。毕业就失业！""不是说考上大学就不愁了吗？""哥，家里给你找的活儿挺好的。"

我真想告诉他们，我的问题很简单，和伸手穿衣开口吃饭一样简单。只不过经历了一场普普通通的心碎，只不过对外界和自己期望太高，心理落差大，有点一蹶不振罢了。

"你被激怒了？忍住啊。""伙伴"适时指点我。

"我怒什么？凭我的文凭，找个中等工资水平的工作，还是绰绰有余的。太差的工作，对不起，我看不上。堂堂重点大学的本科生，怎么能沦落到去小杂鱼公司将就呢。"我在心里无力地反驳着。

事实上，大学里从没断过的就是学生。像我这样的大学生，社会上一抓一大把。每个人都带着年轻时的蓬勃野心，以为掏出一张文凭，这世界就会伸开双臂热烈欢迎他们的到来。而他们还得矜持一下，挑一份真正喜欢的工作，才愿意去贡献珍贵的八小时。如果有真实力、真本领或者强背景，或许可以如此。否则，"我是稀缺人才"这种大言不惭的想法比肥皂泡破灭得还快。破灭的肥皂水，便是羞愤交加的泪水。

过年那几天，我窝在家里玩了三天游戏。用我妈的话说，再这样下去，我就要发霉了。

上天还是眷顾我的。父亲四处找人帮忙虽然没结果，却成功地把我求职的消息散了出去。我的高中同学赵哲宇，家境优渥，之前在广东读的硕士。接到他的电话，我有些难为情。他这个人最大的优点就是豪爽，乐于助人，所以朋友多，人脉广。但坏处也是豪爽，有时会忘乎所以，吹牛吹到天上去，地上只零星地飘下几根牛毛。

"别去见了，你知道没用的，且你那么不爱跟人打交道。""伙伴"这样说。

这次，我没听"伙伴"的话。我和赵哲宇很快见了面。那天我特意理了头发，穿了新西装。当我毕恭毕敬地叫声赵总，赵哲宇忙摆着手说："别呀，老同学，你这不是骂我吗？"然后他热血沸腾地拍拍胸脯："我爸公司，正招人呢。你情况他清楚，没问题的。相信我，大展宏图去吧。"

我全程赔着笑。赵哲宇还指点我工作态度很重要，别浪费了我这张帅脸。多对客户笑笑，准能获得好感。何况城市真的很小，不用怎么聊，你就会发现对方的表姐是你舅妈的同事，你的高中同学是他的大学舍友之类的缘分。不说别的，就是牵个线搭个话，困难的事也变得容易许多。

我买了几本金融方面的专业书，摆在桌子上，下班回家就补补课。不求多用功，而是要对得起工作，不能让老同学失望。

"加油！你越来越棒了！""伙伴"给我打鸡血。

"今晚奖励自己一顿烧烤。"我说

"你上周刚吃过。""伙伴"瞥我一眼，还是那么不近人情。

第一桶金四千二百块。发工资那天，我像考上大学一样激动。上大学之前我对钱没太多感觉。但现在加班加点，累死累活才拿到的工资，我可太激动了，那意味着快乐，意味着有资本满足部分消费需求，更意味着最难熬的日子似乎与我将行将远。一个月里，我跑坏了两双鞋，脸皮也磨厚了不少。我终于体会到父亲讲的"点头哈腰谋生存"是什么意思了。在我的学生时代，父亲总是表现得一副大男人的样子，好像天塌下来他也能扛起一片天。可见，他这位"英雄"确实有些逞强。

我从工资里取出八百块请赵哲宇和同事吃饭，最后把合照发朋友圈，就是给那些看不起我的人看看。再拿出一千块作为零用，剩下的都装进一个信封里，偷偷交给母亲。其实，我从母亲手里接过上大学的学费时就想着有这一天了，多神气啊。父母的辛苦我看在眼里，我会努力成长为好孩子，一个不需要家里人过于担忧的好孩子。这个好孩子除了考研和找工作那两年不让人省心以外，其他时间还是眉清目朗讨人喜爱的。

或许，母亲跟我一样，她多次期待过这一天的来临。这一天真的来了，她按捺不住欣喜咯咯地笑："我儿子嘛，我知道，绝对错不了！"又或许在她眼中，即使我没给她一分钱，她也会激动万分。这样信任的爱，一辈子能有几人给与呢？"嘿，记得分两百给我爸花。"我挤一下眼，母亲笑得更欢了。

"看！我有工资了！"我对"伙伴"炫耀着。

"你别高兴得太早。你爸还没讲话呢。""伙伴"说。

我满怀期待地看向父亲，只见父亲小声对母亲说："像个大人了啊。说话，办事，都有两手了。"我心里别提有多爽，我知道父亲很少撒下面子当面夸我，那是他做父亲的威严。

入职两年后，我工资涨到七千。在小城，这个收入足以羡煞旁人。小城里流传着一句话：能赚钱的帅小伙才是金光闪闪的帅小伙。果然工作可以给人尊严啊。再加上七大姑八大姨的张罗，我这个单身汉，不得不面临名为寻求幸福的相亲安排了。

相亲是我的死穴。

"是不是感觉像，是骡子是马拉出来遛遛？"

我的"伙伴"这次可说对了。试想一下，被完全陌生的人从头看到脚，还旁敲侧击地问过往经历的滋味好受吗？还没怎么说话，就被人嫌弃情商低的滋味好受吗？要真是匹马就好了，可以一跑了之。我当然渴望爱情，只是这样把人硬凑到一桌子，感觉自己真跟牛马没啥区别了。这个时候，父亲就说他也是相亲认识的母亲，婚姻不是挺美满的吗？我本想说你俩没分开的原因是我妈宽宏大量，但那样太伤人了。而且不去见一个，父母是不会善罢甘休的。又或许我足够幸运，能遇到一个贴心贴肺、能彼此体谅的人呢，所以我点头答应了。

跟女孩见面前，母亲特意去了服装店，挑了一件大方得体的蓝色秋装外套和一条淡黄色的丝巾，整个人看上去年轻了好几岁。店员恭维她人逢喜事精神爽。母亲回一句："老公孩子好，我精气神自然好。"

我一年之内见了三个女孩。一个我觉得不错但对方看不上我，一个我不太满意但对方觉得合适，另一个双方都没好感。最后，我疾言厉色地拒绝了所有人的好意。从这件事的态度上，可以看出我并不总是一个温顺乖巧的好孩子。平日里个性温暾，只是因为这样的状态最舒服。我把倔强的脾气隐藏在冰山之下。很少有人能看到我锋利的一面。现在，我不是乖孩子的模样了。我也不愿再沿着乖学生、好孩子这样的标签继续走下去了。

"为什么拒绝安排？你不应该让父母担心的。你不会还想着米尔扎吧？"

"你够了！什么是应该？什么是不应该？"

那次之后，我有意推开我的"伙伴"。好几个月我都没跟他讲话，他讲话我也从不理睬。

"唐俊锋，你过分了！"我的"伙伴"不依不饶，"有一天，你会哭着回来求我的。"

我不为所动，坚持着自己的一套法则。直到公司派我去孟买拓展业务，我"俩"的关系才出现转机。

"好伙伴，原谅我。你说，我要不要去孟买？帮我分析分析呗。"

"哼，你不是不理我了吗？"

"小人一时糊涂，失德了。向您请罪。"

"你不是已经决定了吗？不是吗？"果然，我的"伙伴"很了解我。

"待在这儿就是雾里看花，去一趟不就啥都清楚了？"我云淡风轻地说，心里想的却是：我才不要安于现状，我想要的是勇气，是激情，是可以犯错且绝不后悔的选择。不就是失败吗？来啊，能惨到哪里去？

"别任性。真的要去吗？""伙伴"似乎看穿了我的心思。

"无非是承担风险，但成功了我就是公司的大功臣啊。我不要退缩，不要求稳，这么年轻，怕什么呢？"

"嗯。选择权在你。"

"嗯，我决定了！"我拍着胸口说。

出发前的那几天，父母忙坏了，他们笨拙地在网上查了许多和孟买有关的知识，还帮我准备了印度卢比和必备行李。我很惭愧，那时的我，太不独立，太缺少智慧。好在父母一直在，伴我度过了前面的二十五年。好在，我慢慢长大，渐渐变强。

"你已经不需要我了。""伙伴"一本正经地告诉我。

"我需要你的时候，你还会出现吗？"

"你的心里有一个看不见的箱子，箱口的纸条上面写着'请勿打开'。只有箱子的主人有权开启。别忘了，你就是箱子的主人。"说完，"伙伴"消失在夜空中。

"谢谢你。我知道，你是我的虚拟，是我本身不同的侧面。谢谢你，在我成长的时候陪伴我。"我在心里默念。

夜晚与波浪一同沉寂在星河之下。我遥望着黑色的天空和一望无际的海面，期待着远方陆地的出现。船开到孟买，那是将是一片新的天地。我张开双臂，拥抱海风。

话剧之夜

1

白色纱帘轻轻胀起又缓缓落下。左妮娜盯着它，仿佛在观察纱帘在风里的起落能给她带来什么命运的启示一般。她一直坐在椅子上，直到周围漆黑一片。

她想起自己还是中学生时，一家人正坐在桌子旁为她庆生。风穿越房间，她猛然惊醒。她开始以一种局外人的视角观察四周，一个场景在记忆包裹成的时光琥珀里重现：一个微胖的中年男人——她的父亲，像一台不知疲倦的永动机，不停地忙碌，而她正在舞台上反复练习着好不容易争取来的角色。

一小时前，她做了清明梦（人在梦里突然清醒，知道自己在做梦的那种状态叫清明梦）。睁眼时，她瞥见墙上挂的一张结婚照。背景是欧式古堡中空旷的大厅，后面有一个灰色的壁炉。她的母亲优雅地坐在一把棕色高背椅上，笑盈盈地把头倚在父亲一条手臂上。旁边站立的父亲难掩喜悦，手持一束玫瑰。她把目光从母亲的裙摆、腰带移向她的脖颈、脸庞，又把目光从父亲的眉眼、领结移向他的西服、皮鞋。看着父母微笑的样子，她的嘴角溢出涟漪般的笑容。她多么希望父母既可以一起情窦初开，也可以一起两鬓发白。

她在梦里回到话剧舞台。一阵突如其来的风，像是连通虚实的线索，令她无意识间陷入了记忆的旋涡，并最终跳进梦境。

2

2022 年的最后一个周五，这一晚于左妮娜尤为特别，这是她第一次登上话剧舞台，更重要的是，今天是她的生日。父亲答应她，他会坐在剧院第一排的位置为她加油助威，然后陪她回家一起庆生。

下午四点半，左妮娜早早吃完晚饭，来到剧院的休息室里默词。她捧着剧本，对着镜子调试自己不同程度的悲喜表情。找到坐着表演时的最佳状态，她又站了起来，端着腿信步一段。她嘀咕着：步子要稳，距离不能太大。要小心耳麦，别被胳膊打掉了。头发不能遮住眼睛。道具在背包里。还有站位和找角度。这次演出会有同学全程拍摄，可不能丢脸。

左妮娜踌躇地踱步到剧院外。寒风呼啸，夹杂着潮湿，天地似乎正在酝酿一场风雪。然而就算是一场铺天盖地的暴风雪，也无法熄灭她内心的热情与期待。她站在一棵树下，念念有词："我想给你一个家，做你孩子的父亲，给你所有你想要的东西。我想让你醒来时看见阳光，我想抚摸你的后背，让你在天堂里的翅膀重新长出。"这是左妮娜最熟悉也是最喜欢的一段台词。在她父母结婚当天，她的父亲就引用了这番话来表达他对妻子的挚爱。

正当左妮娜漫不经心地来回走动时，父亲打来电话，说他正在准备一份礼物，估计会晚到一些，但请闺女放心今晚他不会缺席。

听到这个消息左妮娜是有些失落的，不过父亲既然说在准备礼物，就表明他已经处理好那些该死的工作了。希望父亲能在话剧高潮部分之前赶来，如此她便心满意足了。

快六点半时，同伴告诉左妮娜，该梳妆候场了。左妮娜火速返回休息室，换装，补妆，又抿了一口水，之后大口地深呼吸，似乎要把心底所有的杂念全部清空。

七点整，剧场的顶灯熄灭，主持人退场，幕布拉开后，左妮娜出现在舞台上。那一刻，她摇身一变，成为靓丽的女主角——明明。

话剧社的社长站在舞台侧面，暗中观察着左妮娜的一言一行。人在舞台灯光下，比平时彩排的压力大得多。左妮娜舞台经验不足，且性格内向，难免让人担心。但此刻她看起来很沉稳，表演松弛流畅，毫不逊色于扮演男主角的学长。看到她的表现，社长露出了满意的笑容，欣慰地点点头。

前半场左妮娜的发挥的确出奇精彩，不仅将女主角纯洁明媚的个性演绎得入木三分，还张弛有度，扣人心弦。幕布合上，切光暗场，观众自发为她送上热烈的掌声。

换幕时间，左妮娜焦急地打电话问父亲为什么还没有来。父亲告诉她，路上堵车，请女儿安心演出，他相信自己的闺女绝对是舞台上最引人注目的。

去年生日父亲就因临时出差而变卦。左妮娜长舒一口气，隐隐的担忧从她心中蓦地升起。

3

剧院里座无虚席，观众们的视线紧紧跟随着主人公的一举一动。左妮娜表演的角色近乎疯狂，坐在椅子上没一会儿就跳起来，一会儿又蹲在地上，一会儿又靠在墙上，手臂不停地摆来摆去，嘟囔自语。

"前面就是一望无际的非洲草原，夕阳挂在长颈鹿绵长的脖子上，万物都在雨季来临时，焕发生机！"左妮娜突然站起来，振臂一呼，一只玻璃杯从桌上飞了出来，发出清脆的响声之后四分五裂。

左妮娜一愣，头没动，眼珠下移，斜睨到一地玻璃碎片，她瞬间清醒过来。

话剧早在两个小时前就结束了。后半场演出简直是她的噩梦。一想起剧场里的场景，她就感到无比窒息，比独自被困在狭小幽暗的密室里还要致命。

"你傻看我干吗？干吗？傻看着我…"左妮娜当时站在舞台上，捏紧手指，嘴唇抽搐，长达十二秒的时间都没有再说一个字。

"不值一提。"饰演马路的同伴捂住耳麦，小声提醒她。

"哦，不，不值一提了吧？烟消云散了吧？你以为爱是什么？是花前月下？是海誓山盟？是海誓山盟……"

"没有勇气的人。"同伴再次小声提示。

"没有勇气的人，去找个女人和你做伴吧，但是，不要说爱。嘘……"

左妮娜一边哆嗦地讲着台词，一边偷偷瞄第一排的座位。

舞台一侧，社长的脸像霜打的茄子，眉毛简直要拧到一起。

左妮娜拼命保持冷静，她不敢奢望自己接下来的表现可以延续之前的状态，只求稳稳地把台词讲完。她的眼睛中只有恐惧，好像头顶有接二连三的霹雳作响，吓得她无法思考。

台词从左妮娜的嘴里一个字一个字地蹦出来。在她讲话的三分钟内，她漏掉了两句话，停顿了五次，中途还捂着嘴对着观众脸红地说出了"对不起"。聚光灯打在左妮娜身上，男同伴可以清楚地看见她浑身战栗，如被筛的麦子一样哆嗦着。她的两脚微曲，不敢绷直，一绷直就发抖得更厉害，整个身体仿佛像泄了气的皮球。受左妮娜影响，男同伴也很难投入到话剧表演中去。台下开始有观众交头接耳。剧院里紧张的氛围比高考时还要压抑。左妮娜的脸涨得像熟透的苹果，眼泪噙在眼眶中。眼看自己就要出糗而又无计可施，左妮娜急得心脏都快要被撕裂了。她仿佛置身于枪林弹雨中，每一秒都是煎熬。

这次表演机会对左妮娜来讲实在太重要了。加入话剧社已经一年半了，这还是她的话剧处女秀。自从确认她扮演女主角后，责任和压力便时时萦绕着她，不管是白天还是漫漫长夜。

其实女主角最初定的并不是左妮娜，她甚至不在本次参演名单之列。虽然她格外勤奋，但她的话剧功底比起其他人还是薄弱一些。如果不是她多次向社长直言这次话剧对她多么重要，再加上原本扮演女主角的伙伴因病辞演，她并不会得偿所愿。

左妮娜疯狂地争取女主角的首要原因，是她被剧中马路对明明的爱深深地感动了。很多人对另一个人产生爱情，有点简单得不讲道理，或许就是因为在一个阳光正好的午后，他穿着白色衬衫的侧影很好看，或者在一个气氛暧昧的咖啡厅，她说"哈喽"的发音很有趣。恋爱后，马路为明明做了很多疯狂的事情，比如他咀嚼过明明吐掉的口香糖，比如他中了五百万巨奖，第一时间要把钱送给明明。马路最后走向极度偏执，但他为爱不顾一切的炽热情感依然值得称赞。这场话剧的魅力就在于，它能将左妮娜从单调重复的生活中暂时抽离，去亲吻在现实枷锁下那沉睡的、对爱情的原始渴望。

另一个原因，源于她的父母。据说她父母是因为一起去看同名话剧而结缘，话剧中的经典台词还是她父亲在婚礼上对母亲当众说出的誓言。如今她的母亲已经病逝，除了寄托对母亲的思念，她还想把这次表演当作送给自己和父亲的礼物。为了这个礼物，她已经整整准备了三个月。

在后半场表演中，左妮娜手脚一直在抖，她羞愧难当，恨不得以死谢天下。她不知道话剧是什么时候结束的，也不知道自己是怎样完成的，她只知道父亲一直都没有出现。

话剧结束，左妮娜并没有和其他人一同上台谢幕，而是躲在了幕布后。观众悉数散场后，社长用鹰一般锐利的眼睛扫视了舞台一圈，对着社团其他几位成员说："她怎么回事？我当初怎么会放心让她演女主角呢？唉！"

左妮娜在暗处听到这句话时，心生绝望，那感觉就像快要掉落悬崖时，崖上的人毫不犹豫地松开了她的手。

"今天是她生日，她实在太想要演好了，压力太大了吧。"一位伙伴解释道。他的眼中透露出"我理解她"的神情。

"妮娜前半段的表现差强人意，但后面也太糟糕了。你们说，会不会是她生理期到了。"另一位女生揶揄道。

左妮娜再也听不下去，从舞台后方悄悄绕进楼层右侧的卫生间，冲进隔间关上门，捂着嘴巴抽泣起来。她怪父亲迟迟没有出现。她更痛恨自己，众人费心排练的话剧就这样被毁于一旦。虽然社长和队友们并没有过分责怪她，但他们的语气里还是夹杂着利箭，直直地扎进她心里。她狠狠地拍打着自己的大腿。

过了一刻钟，确认周围无人后，左妮娜飞速跑到洗手池的镜子前。尽管做好了心理准备，面对自己哭花的妆容，她还是倒吸了一口凉气。头发散乱地耷拉在脸上，脸上像被踢翻了的颜料桶，黑色睫毛膏、粉红的唇膏和着泪水胡乱地搅在一起。看着镜子里的自己，她仿佛看到一个刚从地震废墟中爬出来的不幸女子。听到有人进来，她赶紧低头，打开水龙头冲脸，然后赶快逃离。好像有人在背后喊她，她也不管不顾。

4

路上，狂风怒号，左妮娜心里也妖风四起。当初她选择在本市上大学，为的是经常回家陪陪父亲。没想到，她还是经常性地孤身一人。这次回家，她不想挤地铁，明亮的车厢和乘客们形形色色的目光会让她的不堪无处遁形。上了出租车，她向后一靠，闭上眼睛。车里没有开灯，只有外面路灯的光亮照进来。司机适时放了暖心的一首歌——《远走高飞》："如果迎着风就飞，俯瞰这世界有多美，让烦恼都灰飞，别去理会自我藉慰。"听着听着，左妮娜慢慢地平静了下来。

回到家，左妮娜一下子扑倒在柔软的沙发上。她整个人都陷进沙发里，就像陷进一个让人舒适的童话故事里。她随手拿起茶几上的遥控器，打开一个电视节目。视频中有许多人端着酒杯在金碧辉煌的大厅里自由走动。白色餐布的长桌子上摆放着各色美味佳肴，一群乐师坐成一排演奏着美妙的华尔兹舞曲。两个男人穿着风度翩翩的礼服站在大厅中央谈笑风生。曲婉转，人俊秀，她还是选择换台。这次是一部家庭伦理剧。画面中一位婆婆正急赤白脸地大声训斥自己的儿子和儿媳。什么节目也看不进去，左妮娜干脆关了电视。

一种久违了的心境，疲惫又茫然。睡着后，她做了一个相当真实的梦。梦里她还是中学生，一家人正坐在桌子旁为她庆祝生日。风穿越房间，白色纱帘随风起起落落。她在梦里醒来，但梦并没有就此结束。她开始以一种局外人的视角观察四周，一个微胖的中年男人——她的父亲在电脑桌旁工作，像一台不知疲倦的永动机，而她正在舞台上，表演一场话剧。

差五分钟到晚上十点。桌上的手机铃声响起，惊醒了她。她以为是父亲的回电，迅速翻下身，结果看到一个陌生来电。她没有伸手拿手机，而是用食指拨通电话，把耳朵贴近手机屏幕。

"你好。请问是左妮娜吗？"

"是。哪位？"

"哦，我是您父亲的同事，白泽希。左总托我给你送生日礼物。我现在在你家门口。"

"好，你稍等。"

左妮娜打开门。一位捧着很大的红色礼盒的年轻男子站在门口。男子简单问候后，把礼物盒递给了她。

左妮娜疑惑着打开包装盒，那一刹，她内心似乎滚过一阵惊雷。盒子里是一件洛丽塔皱褶裙，有着白色的蕾丝边、红色的蝴蝶结、丝带、流苏、卷草纹，满满的少女元素。裙子上的花朵，好像把全世界的春光都簇拥到了上面。粉红、淡黄、纯白、海蓝、微紫，五颜六色的。以前她收到这种裙子时，都会迫不及待地穿上，以风摆柳的舞姿转着圆圈，来回舞动，时而如流云慢移，时而如旋风疾转，柔美的样子像棉花上的蝴蝶。母亲拍手叫好，还会十分温柔地唤她小公主。当她听到母亲这样说，姿势就更加优雅起来，仿佛她真的就是高贵的公主。母亲离开后，衣柜里那些令人眼花缭乱的裙子成了她们母女交流的独特纽带。难过时，她就把一件件裙子悬挂整齐，摸着裙子说说话。更严重时，她需要枕着裙子才能入眠。父亲看在眼里，逢年过节都会送她一件汉服、JK制服（日本女高中生校服风格的衣服）或者洛丽塔。

"祝你生日快乐。"白泽希微笑着，他圆满地完成了上司交代的任务。

"谢谢。"左妮娜瞪大眼睛，问："我爸爸呢，为什么还不来？"

"有急事耽搁了一会儿。应该快了。"白泽希谈吐自如，目光坚定，不像在说谎的样子。但直觉告诉左妮娜，父亲今天都不会再出现在她面前了。

"他几点能回来？"左妮娜露出期待的小眼神。

"不知道。一小时，或者两小时。"白泽希不忍心再说下去。

"他答应我的！怎么能这样？而且我联系不到他。"左妮娜双眼直勾勾地盯着男子，眼神里透露出迷惑和失望。"请转告我爸爸，我会等他回来。谢谢。"

"如果见到他，我会说的。"

左妮娜准备关门时，注意到白泽希的穿着。室外空气很冷，但他的穿着单薄且廉价，没错，不是朴素，是廉价。衣领起球，款式陈旧，已经洗得发白，且有些许不合身。左妮娜想起父亲曾经提起过他。父亲说他的新同事小白让人敬佩。小白的爷爷得了尿毒症，一家人的积蓄都拿来给他爷爷治病了，让本就家境贫寒的一家雪上加霜。而小白不仅勤俭节约，还温和谦让、乐观豁达。

一股忧伤袭上左妮娜心头，她拎起一把靠背椅来到窗前。凉风从窗口溜进来。她实在不解，父亲为什么要说已经在去剧院的路上？为什么是白泽希来送礼物呢？近三个小时了，父亲为什么连个信息都没有？如果真的遇到了难处，直说便是，作为女儿，她是可以理解的呀。

5

天空黑魆魆的，树冠的轮廓朦胧可见。白泽希独自走在路上，突然一阵阴冷的风扑面而来，仿佛从他的身体穿了过去。灰尘、落叶被卷起来，像断了线的风筝，摇摇欲坠，上下翻飞。

望着风中的落叶，白泽希回想起小时候。每到冬天，家乡就狂风大作，像魔鬼般敲打着门窗，楼房仿佛也跟着窗外的树木一起摇晃，家里的玻璃窗好像下一秒就要被砸碎了，这时候只有妈妈和他相拥在一起，那种恐惧又无助的感觉无从诉说。那时候的他总是不理解，为什么狂风暴雨时，爸爸还要去上班，难道他们的小家就不需要他的守护吗？

白泽希长舒一口气。"家家有本难念的经哪。"左妮娜的父亲拜托他去商场买一件裙子，并用礼物盒包起来，扎上蝴蝶结飘带。他对着衣服照片跑了三个大商场，才买到左总要买的服装。他赶到剧院门口时，碰巧听到几位同学边走边议论舞台上的女主角是怎样糟糕。

在剧院门口，白泽希看到了这场话剧的广告牌，所以他知道这场话剧是什么名字。他掏出手机搜索了这场话剧的内容概要，故事讲的是一个名叫马路的犀牛饲养员爱上了一个名叫明明的女孩，但明明却对前男友念念不忘。在一个下雨的晚上马路绑架了明明，为她献上自己最爱的犀牛的心脏。他最喜欢里面的一句话是："人是可以像犀牛一样那么勇敢的，哪怕很疼也是可以的。"

白泽希对左妮娜的遭遇深有同感。他上高一那年的新生欢迎典礼上，母亲答应了他会在台下看他的表演，最后却没来。当他质问母亲时，母亲拍了拍他的肩膀说："我相信儿子唱得很棒。"他积蓄的感情轰然爆炸："不是说好了嘛！你说话怎么不算数？"母亲满脸愧疚地拉着他的手，连连致歉。当得知母亲在雨中摔倒后，他十分自责。生活里有无数的不确定性，最不该的就是轻易地对挚爱的人失望。从那之后，他再也没有对母亲高声说过一句话。

回到公司后，白泽希悄悄地去了左总的办公室，大门紧闭着。考虑再三，他最终拨通了左妮娜的电话，用鼓励的口吻说："左妮娜，人是可以像犀牛一样那么勇敢的，哪怕很疼也是可以的。对不对？"

左妮娜望着白色纱帘昏昏沉沉地回答："是啊，大多数人痛过一次就缩起来了，像海葵一样，再也不张开了，最后只能变成一块石头。要是一直张着就会有不断的伤害，不断的疼痛，但我们还是要像花一样开着。"

"你讲得真好。怪不得左总常说你是他的骄傲呢！"

"不好意思，刚才我说的是台词——"

"这么多话，你都记住了，真棒。"

左妮娜苦涩一笑，像生吞了一片柠檬。

"再次祝你生日快乐！"

"谢谢你。"左妮娜感动地点点头。她没想到，今夜祝她生日快乐的，是一位陌生人。

6

白色纱帘轻轻胀起又缓缓落下，左妮娜想起母亲穿白色连衣裙的样子。她还想起舞台上，在成百上千的同学面前，她多次忘词而惊慌失措的样子。她似乎听到假想的观众里有人在大声嘲笑她。而她的眼皮好像被人用手指上下撑开，使她不得不目睹他们嫌弃的表情。不顾眼睛酸涩，她从包里翻出剧本。

"这是一个物质过剩的时代，这是一个情感过剩的时代，这是一个知识过剩的时代，这是一个信息过剩的时代……只要他还能让我爱他，只要他不离开我，只要我还能忍受，他爱怎么折磨我就怎么折磨我……前面就是一望无际的非洲草原，夕阳挂在长颈鹿绵长的脖子上，万物都在雨季来临时，焕发生机！"

所有的台词像印章那样一句一句刻在左妮娜的心里。她感到脑袋重得像挂了个铅球，连睁眼都十分费劲，自己如同埋在土壤深处的小虫子，被压得透不过气。她依然倔强而疯狂地读着，一遍又一遍，直到每一句台词，甚至每一个标点的位置都记得清清楚楚。她实在太投入了，以至于读完台词后，她捧着剧本向正前方鞠躬，久久不肯起身。

夜里十一点，左妮娜拧开一瓶雪碧，穿着拖鞋边喝边下楼。外面寒风凛冽，冷风像刀子一样狠狠地甩在她的脸上和脚上。四周寂冷，只有几盏昏黄如豆的路灯与寒夜无力地抗衡着。

左妮娜怀揣着心事，不自主地放慢脚步，漫无目的地在楼下溜了一大圈，手机里依旧没有父亲的消息。她抬起头，望着天上星斗，想起母亲——中等个头、单眼皮、丹凤眼，总是一副温文尔雅、平易近人的样子。"妈，你还在，就好了。"

十一点四十八分，左妮娜的生日还有十二分钟结束。此时，夜色更浓。天地间大风，浩浩荡荡地掠过院子。左妮娜清楚地记得全家人一起去大剧院看话剧时，当她问起父亲是如何追到母亲时，父亲便窘在座位上，羞涩地笑。母亲看到父亲像背不出课文的学生一样窘迫，也明媚地大笑起来，两个浅浅的小酒窝若隐若现。几年过去，父亲羞涩的笑和母亲灿烂的笑，恰似柔和日光穿过葳蕤枝叶，在她心里开出花来。

大风呼啸而过。左妮娜眼眶湿润，睫毛像是沾了水的蝴蝶翅膀，变得沉重起来。十二点零五分，父亲依然没有消息，左妮娜叹口气，起身往回走。这时，父亲发来好几条消息。

"闺女生日快乐！"

"太遗憾了，女儿主演的话剧爸爸没有来得及看。"

"公司紧急会议已经结束，明天我一定要为乖女儿补办一个豪华的生日宴！"

左妮娜一条条地读完信息。父亲迟到的祝福积聚成一股力量，涌入她的心里。视线中，她仿佛看见父亲，像个勇士般，从风中一步一步走了过来。

火车上

在她拖着行李，找到自己的座位时，火车渐渐离开了站台。车窗外，灰色水泥路面和地势较低的站房，被随后而来的树木淹没。

她坐下，尽量伸直腿，整个人以最舒服的姿势陷进座椅。终于要出发了。

事情得从两年前说起。屋子里躺了一地的书，她正打算着把地上的书分门别类地摆到书架上。一张枫叶形状的黄书签从一本书中掉了出来。她捡起来，看到书签背面有一行字："希望三十岁前可以实现两个心愿。第一个心愿，去看富士山的雪。第二个心愿，开一家美容院。"

不知过去多久，她睁开眼睛，看了眼窗外，彼时火车已经离开小镇，正行驶在群山之间。光秃秃的山脉一个接一个掉进她眼里，又匆忙地爬出去。

她朝车厢里望了望，有几个打工模样的男人，脚下堆着鼓胀的蛇皮袋，一边抽烟一边用短促、含糊的声音交流。几个妇女窃窃私语。两个孩子在过道里跑着。你追我呀，我抓你啊。他们脸上的大笑，如同怀揣着宝藏一样灿烂。等她收回目光，才发现对面有人在好奇地盯着她。她点点头，然后假装摸了摸口袋里的手机，别过脸去。如果这时有人主动和她说话，聊些不涉及隐私的事，她会非常乐意。

"你要去哪儿？"她鼓起勇气问右边的女孩。

"下一站就到了。"对方头也不抬地回答她。

"我要坐到终点站。"

"嗯。"对方敷衍她。

她愣住了。还是安静一会儿吧，遇到能聊得来的陌生人要看缘分。

邻座的女孩走后，上来一位中年男人，发量堪忧，戴着一顶黑帽子。

就睡觉吧！一直睡到下火车。她这样打算。

但，那不可能。

闭眼不到十五分钟，她突然想上卫生间。这里的卫生间弥漫着一股怪味。保洁为除味特意用了某种老式的寺庙里才会有的檀香盒，只是效果不佳。卫生纸被抻出来一段，快要拖到地上。她把外面的一截卫生纸扯掉。

她回到座位。窗外，远处的山脉、树林、落日都很美。她想曾坐在这个座位上的其他人，也这样看过窗外，和她发出同样的感慨。

注意力从窗外的景物转移到车厢内。沾染两处灰尘的鞋面被她用眼神擦了无数遍，连桌上的面包渣都快被她盯成一颗化石。邻座乘客跷的二郎腿，虽没有越界，但就是有股神秘的力量逼她往另一侧靠，腿部肌肉都僵硬了。

她闭上眼回忆从前。

看到书签后，她好几夜都睡不着，默默地筹划着。第一个心愿似乎只需要准备证件、钱和出去旅行的身体状态就可以了。第二个比较困难，除了要解决资金这个大难题外，还要有计划，有人脉，有脑子。如果打定主意要干，她还势必要做好脱几层皮的准备。

她下定决心去干。当她忐忑地把心里的想法告诉家人时，却被浇了一头冷水。

"说的容易，开什么店？不如踏实找个人嫁了！"爸爸语气强硬地说。

她很想说找个男人嫁了对她而言可比开店难多了！但她没有和爸爸争论。打电话之前，她已经做好了不被支持的准备。

一计不成，再施一计。很快她张罗了一场同学聚会。饭桌上她红着脸举起酒杯，告诉同学们她想开一家美容院但资金不足，请大家伸出援手，所有借款两年之内必定奉还，借款金额大的还可入股。说完她一饮而尽。大家都愣住了。一桌人先是面面相觑，而后各自推辞。

"我刚买房，每个月就五千的工资，爱莫能助啊。"

"我一个人带着孩子，还要养老，就不掺和了。"

"我觉得还是务实一些好。这年头，自己创业有多少成功的？"

她知道每个人的经济条件，也知道大家的怀疑不无道理，所以不强求。在场的人不管是出钱，还是出主意，她都非常感恩。

此刻，这车厢晃得真厉害，昨天吃的饭菜都差点被颠了出来。她睁眼，看到两个孩子在车厢内跑，他们打算冲到车厢另一头。她不想让脑中的事情中断，仿佛刚才的一切都是错觉。她把双手放在膝盖上，重新闭上眼睛。

她满大街地找合适的铺面，办理开店所需的证件。拿到营业执照的那天，她激动地原地转圈。后来的物料准备，开业活动策划和宣传资料，招聘员工，基本都是她一个人忙的。

半年之后，美容院终于顺利开张。亲朋好友们在朋友圈里转发她的开业活动，各尽所能为她招揽客户。一场开业活动办下来，收现金六万元，拓到新客五十余人。这样的成绩对一个新店来说，可喜可贺。

除了开店做生意，一得空，她还去参加与美容相关的资讯会，跟会上的老师们和店长们取取经。有一次，她向一个小店长请教一款超声波铲皮机美容仪的效果，那个店长对她爱答不理。她还觍着脸要加人家的微信。

现在想想，有点可笑呢。她嗤笑一声。

火车坠入隧道，人群陷入黑暗。她的手下意识地抓住扶手。车厢顶部的光控灯亮起来，像黑夜冷风里飘来的火种，但光线依然很暗。她回头张望，注意到站在过道上的男人调亮了手机，屏幕上的光足以让她看清男人的长相。他长得还挺俊的，身材伟岸，五官轮廓分明而深邃，犹如希腊的雕塑。最重要的，像她的父亲。

昏暗中，她瞥到了很多人的小秘密。右边座椅上的男人松了松皮带，然后手指伸进裤子，挠痒似的，几秒之后再迅速伸出来。前座的女人抱着孩子，自如地掀开上衣，一只雪白的乳房若隐若现。她今后会这样吗？结婚生子，接着孩子成为家庭的中心，自我的主体性稍不留神就被淡化……

她摇摇头，绝不要。即使容貌不再，脸上出现皱纹，行动变得缓慢也要体面一些。她要燃烧，哪怕最后变成一堆灰烬。

她闭上眼睛，想象自己正站在风中，看着高山和天空的交界处，感受着大自然的辽阔与自身的狭隘。森林、草地、溪流、野生动物，它们各守一方，又相辅相成。她希望一直看到这般舒适、安静、协调的景象。听，有风拂过耳畔，还有远方传来的微弱鸟鸣声。她缓缓伸开双臂，以拥抱母亲的姿势拥抱天地，满满地吸了一口气，感受着凉风在口腔中回荡，接着长长地呼一口气。

店里的客人渐渐变多，生意也越来越稳。一年过去了，美容院里又加了几张美容床。她一个人实在应付不来，就把两个侄女从农村带了过来，手把手地教，两个女孩很踏实，学得有模有样，很快成为她的左膀右臂。美容院走上正轨，她爸妈也对美容院的看法改观了。

就在生意兴隆的那个夏天，她看上一款热玛吉美容仪，据说是日本进口的，对紧肤和除皱有效果。后来和客人聊到这款产品时，不知怎的就提到了日本，她心底去日本旅游的种子便按捺不住地疯长起来。

"爸，妈，我开美容院时你们就不看好我。两年过去了，你们也看到了我的成绩。现在，你们又要阻止我去日本，我就不明白了，你们是成心跟我作对吗？"

爸爸盯着她，沉默了五秒才开口："说够了吗？爸妈又不是魔鬼，跟你作什么对。"

"那就是同意了？我们一起去？"

"不行！我们不想出去折腾。"

"那就让我自己去吧"

"你是铁了心了是吧。"爸爸推了推妈妈的胳膊，"看看，我说什么来着，都是你惯的！这倔脾气不知道随谁。"

妈妈撇嘴一笑，当起了和事佬："你那小店刚起色，没人看可不行。想出去玩，晚点也可以。再说你语言能沟通的了吗？"

"亲爱的妈妈呀，我语言能力是差，但我又不笨。现在科技多发达啊，有翻译神器。再说了，我可以拉一个会说日语的朋友一起去。"

"不行！"爸爸厉声呵斥道，"瞧你能耐的，不过是开了个店，觉得自己翅膀够硬了是吧？说一句回两句的，这个家还不是由你说了算！"

她睁开眼，目光再次溜到过道里的男人身上。火车正从幽暗的隧道缓缓驶出。男人倚在窗边打量窗外，目光冷静而严肃，身体摇摆如同波浪。窗外光秃秃的山丘已经不见了，取而代之的是模糊的黑影。落日也消失了。但落日并没有真正消失，而是从天空跑进了她的心里。在目光所及的最远处只剩下微弱的光亮。

车厢里的灯全部亮了，和窗外的夜色割裂开来。男人转身时，她吓得赶紧回过头来。那一秒，她心跳加速了。希望下一个隧道赶快出现！

这次远行不能被辜负。浅草寺、西湖根场合掌村、箱根登山电车、金阁寺、奈良鹿苑、北海道，还有富士山。她都要去一睹真容。

其实，她去年就做好了旅游攻略，只是被一通电话耽搁了。

"请问您的美容院，需不需要上一个治疗腰疼的新项目。"电话里的人声称自己是本市一家知名的美容产品直销公司。

她进入美容行业时间不长，但对直销产品还是有了解的。直销项目拉人头，赚钱快，很受美容院的老板们的青睐。

"不需要，谢谢！"

"您可以来先来试试，再做决定。"

她有点心动，但又不敢冒险，于是持观望态度，加盟了一万。没想到，第一个月她就回本了。赚了一笔快钱之后，她便一发不可收拾，一次性加盟了十万，接着是二十万。后来，她的美容院俨然成了直销公司的小基地。那三个月里，她要么带客人去直销公司开会，要么把店里下了单的客人们聚在一起学习，两个侄女也在她的热情感召之下愉快地加入，成了她直销事业的忠实队友。

原来的同学群里充斥着她发的宣传信息，她还无所顾忌地不断拉陌生人入群。大家内心都有点排斥。店里的一部分老客人觉得她实在急功近利，不像之前那样真诚服务，做完一套项目后也不再续约了。

她一开始并没有完全看懂这家直销公司的套路，当她看懂时为时已晚。

按照约定，她每拉到一单都有三种提成，包括单区奖、人头奖和管理奖。一个月拉到三个十万的单子的话，她可以拿到两万五千元左右的提成。单区奖和人头奖提成都是一次性的。管理奖则属于躺赚，只要她发展的会员开了单，或会员发展的会员开了单，她照样可以拿到管理提成。

乍一听上去，这种直销挣钱不难。但直销公司实行"双轨制"，这意味着直销员只能负责部分业绩，其余业绩由直接领导帮着做，只有直销员的业绩是直接领导业绩的两倍，直销员才能拿到全部提成，否则就算直销员业绩再高，百分之九十的钱还是会落入直销公司的资金池里。直销公司哄她集中力量搞好业绩，还许诺等她业绩稳定了，再派一位资质好的前辈做她的直接领导，这样大家都可以很快赚大钱。

直线往上涨的业绩，很快冲昏了她的头脑。于是，公司怎么安排她怎么做，还自掏腰包投资项目。在她满以为自己可以挣大钱的时候，公司安排了一个老总的亲戚做她的直接领导，那位亲戚根本没有业绩。这样不管她业绩如何，都达不到公司双轨制的要求。最后她只能眼睁睁地看着钱流进了公司的资金池。

连续三个月，美容院的收入低得可怜，美容院赚的钱还不够日常开支。她越来越焦虑，最后忍不住跑到直销公司的老总跟前哭闹一番，和集团反目成仇。

一个漏洞百出的集团出了问题，没有几个人能全身而退。没等她退出集团，她就看见直销基地门口有不少人拉起横幅，声称被该公司的冷血制度坑得妻离子散，家破人亡。

一周之内，大小媒体相继报出该集团涉嫌组织传销的新闻，记者暗访受害者的视频也纷纷曝光。

破产那天，她喝了很多的酒，一觉睡到天亮。醒来时，她的膝盖酸胀发麻，太阳穴就像有人在用锥子扎。她跌跌撞撞地走到窗前，右手猛地拉开窗帘，耀眼的日光瞬间占据了整间卧室。她站在六楼，隔着玻璃窗往下看。地上车水马龙，商铺兴旺。她感到说不出的陌生，仿佛她离人间很远。

直到现在想起来，她依然很生气。

火车到下一站了，笛声轰鸣，如同一匹卸了货的老马喘着气打起响鼻。中途再次有人上车。

这次上来的是三个学生样的胖子，也许是兄弟三人。"我是大哥叫大胖，这是二弟叫二胖，三弟叫小胖。"上车后大哥大大咧咧地说个不停，老二总是纠正大哥的错误，只有老三一言不发，两眼直直地盯着车外漆黑的世界，眼神很深邃。她对侃侃而谈的老大不感兴趣，对温文尔雅的老二好感一般，只有沉默寡言的老三让她产生了好奇。是不是他因为有亲人去世了所以悲从中来不愿发言？还是他根本就不欣赏大哥的粗俗和二哥的腼腆？还是他另有心事？

他什么时候开口呢？她默默地观察着。老大突然在过道上不由自主地舞动起来。"电流"动作从指尖传到脚踝，又从脚踝传到脑袋。一阵利落洒脱的"埃及手"动作之后，一个跳跃完美收场。周围人掌声雷动。也许大家都喜欢这样活泼的小孩吧。

一小时后，三兄弟快下车的时候老三才说了话："大哥二哥，我们马上就能见到爸爸了。"

她恍然大悟。骨肉分隔两地最是熬人。她也曾经有很长时间都见不到爸爸。那个时候她好想见到爸爸啊。记得有一次，是个大雪后的晴天，雪水化了一地。她去车站迎接爸爸回家。见到爸爸的那一刻，她像一只小鹿狂奔了过去，给爸爸一个大大的熊抱。

两个人拉着手往家的方向走去。遇到有积水的地方，爸爸就背着她，不让她的鞋袜湿掉。

"请问快餐有需要的吗？"服务员推着小车走过。她的肚子开始抗议。在火车上吃饭是比不过家里。她一边扒拉着饭菜，一边想着妈妈做的可口饭菜。米饭有点硬，鸡丁有点不新鲜，她吃几口，就没胃口了。她把没吃完的饭菜包好，准备扔掉。在过道里，她注意到那个男人，正在生吃揉碎的泡面。

其实，她没有自己想象中那么惨。她满腔的情绪就像脑子里巨大的云雾，当它炸开，从喉咙里蹿出去时，一切都平静了。

回到座位上，她看到前排不知道什么时候多了两位三十岁左右的大姐姐，聊得正欢。

"疫情正在好转。很多人在家待不住了，开始了一种报复性的消费。咱们旅游市场形势大好啊！"

"嗯嗯，愿意在服务区买东西的人也变多了。"

"你负责哪几个景点啊？"

然后两个人就开始讨论起景点来。听前面人的对话，她意识到她们很可能是导游。同时，她又生出一种错觉：好像随便一个坑，在导游嘴里都是神仙下凡时留下的足印；但凡是块奇石，都可以是女娲补天时遗落人间的。从古代的宫帏秘史，到江南的文人逸事；从上古洪荒的创世传奇，到上下五千年的文明；从这棵树种下时的天降祥瑞，到那块石头孕育着的风水灵气，仿佛就没有导游们不知道的。

当她跟爸妈再次谈到去日本的事情时，爸妈毅然决然的态度让她很是费解。之前有同学邀她去东南亚，因为那时候家里不富裕，还要供自己上大学，所以她根本不敢想出国的事情。但去日本旅游已经变成一颗种子埋在她心底。从地理课本上第一次得知富士山的存在后，她就被其完美对称的山体形状和积雪覆盖的山顶深深吸引了。富士山终年积雪，被日本人视为神山。富士山的宣传图册中，不论是樱花粉、茶树绿，还是菜花黄、枫叶红，都完美地融合在漫山皑皑的白雪中。

"不就是一座山吗？泰山黄山不比那儿好玩吗？"爸爸板着脸，手指夹着烟嚷嚷着。

"不一样的美。给你看图。"说着她翻开了手机里保存的图片。

"不看！中国没地儿去了是吧？非要抢着给日本送钱？"爸爸瞪了她一眼。

"有话好好说。——你刚经历破产，要不要缓几天。"妈妈说。

"我就是要去！我确定。"她不是第一次和爸爸妈妈争执，但这次她坚持到底毫不退让的样子着实让他们愣了一下。

"你个白眼狼！"爸爸怒目圆睁，眉毛竖起，粗重的呼吸如同追捕猎物的猛兽。看来他是真生气了。

妈妈脸色僵硬，嘴巴翕动着，却默不作声，一只手轻轻抚摸着爸爸的肩头。

她的自尊心受到了极大侮辱，牙齿咬得咯咯作响，脸上也火辣辣的。这是爸爸第一次狠狠地骂她，虽然他也冷言过她是白眼狼，但这次口气不一样。

从幼儿园开始，她就知道如何让家长和老师满意。家里鼓励她当班长，她就去竞选班长。她当过三次班长，但并不喜欢，也不适合。长辈说小孩勤、爱死人，她就甘愿当个小跑腿。可以说，她是爸妈眼中乖巧听话、品学兼优的好闺女，是左邻右舍啧啧称赞的好姑娘。

爸爸很少对她发火。她不明白为什么她想要去出去旅行时，他会一改往日的风度，暴跳如雷地骂女儿是个白眼狼。

虽然她没有去过日本，但在商场里，日货无处不在：超级马里奥造型的水杯，Hello Kitty（凯蒂猫）图案的抱枕，日系护肤品，索尼佳能卡西欧电器，日本酒，手表服装，等等，还有结账时的二维码，都是日本的创意。她喜欢看《龙猫》和《风之谷》，从这些影片中，她感受到了一种万物有灵、众灵平等的价值观。爸爸的愤怒，让她突然觉得自己有罪。她觉得自己不该用日本品牌的东西，更不该爱上日本动漫。脑中有无数个声音告诉她："你错了，大错特错。"如果说爸爸此刻不是个好爸爸，相对地，她也不是个好女儿。

"女儿只是去旅游，你那么激动干吗？"

爸爸眼睛一瞪，斜睨了下妈妈："混账话！除非有一天我死了，否则别想。"

"别这样说。日本是你的伤心地，但不是女儿的。恩怨都该过去了。"

"看看我们的女儿，翅膀硬了，有主意了。让她去吧，随她。"

那天晚上，她失眠了。她努力什么也不想，还试图用网红催眠法帮助入睡。她闭上眼睛，想象着来到海边，有海鸥在飞，一只，两只……数到三百只，她依然睡不着。无数的海鸥挤在脑海里，像雪一样纯白，像梨花一样婀娜，像绸缎的纹路一样密密麻麻。她抓起一把耳边的黑头发盖在自己的眼帘上，脑中的白色没有被驱散。

那一晚，爸爸也没有睡着，一直坐在窗台边抽着烟。半夜去卫生间看到爸爸的背影时，她很想冲过去抱抱他。但她的脚挪不开，只是默默地站着。望着他的背景，不知不觉间生出寒意来。面对爸爸，她不知道该如何开口。

晚上十点之后，是坐火车硬座最难熬的时刻。窗外的景色完全看不到了。说话的人变少了，大部分人闭目眼神。有人困得坐在过道里。

她合上眼，许多文字从脑子里飞出来。她想捉住它们。它们却变成无数只小虫子，在她的全身爬来爬去。当那些所谓的真相、结局或者答案全部一览无余时，她感到无比沉重。

睡梦中，她看到自己的美容院东山再起，爸妈在众人面前十分得意地表扬她。后来她开心地乘着飞机，从万米高空上飞过富士山，硕大的火山口挺拔着，螺旋状的帽子云像一张斗笠冠在积满白雪的富士山之巅。朔风卷起，细雪弥漫，万古天风吹不断，青空一朵玉芙蓉。周围人是陌生的，但极其和善，用微笑欢迎她的到来。一股绵柔的力量在她心中孕育着，继而喷涌着流向全身。她振臂高呼，一下子醒过来。

许多嘈杂的声音仿佛隔着一层纱呼唤她，把她拉回现实。夜间两点，有人上下火车。她告诉自己只要再坚持一会儿，再坚持几分钟，她就能再次睡着，直到火车的终点站。然后，她就可以在天亮之前赶到机场。上飞机前，说不定她还能看到红色的太阳像枚烧红的硬币一样升起来。

当她醒来时，过道里的男人已经不见了。此刻是凌晨四点半，就快要到站了。她慵懒地打开手机，上面有一条未读消息。

"女儿，你到站了吗？"

是爸爸。她的嘴角扬起笑容。"还有十分钟。不用担心哈。"

回完消息，她掀起窗帘的一角，温情脉脉地望向窗外，楼房和树木的轮廓依稀可辨，远处山丘上披着一道清冷而微弱的光。透过窗玻璃，她看到了自己。一件崭新的红色羽绒服，一条黄色的流苏围巾，一张满怀期待的脸。

太阳从东方升起。火车抵达终点站。